中公文庫

# レインコートを着た犬

吉田篤弘

JN148034

中央公論新社

# 目次

イラスト・本文レイアウト◎吉田浩美・吉田篤弘［クラフト・エヴィング商會］

# レインコートを着た犬

# 月の声

もし、この身に奇跡が起きて永遠の自由を与えられたら、私には行ってみたいところが三つばかりある。

そのうちのひとつは、皆から「銭湯」と呼ばれているところ。なぜなら、銭湯の帰りに、うちの映画館に立ち寄るお客様の誰もが揃って陽気に見えるからである。

人間は皆、等しく陽気であるべきだと私は思う。ときに寂しげであったり、陰鬱であったり、激怒していたりと、さまざまな面があるのも豊かでいいけれど、やはり陽気な人間の姿を私は一等快く思う。

しかし、犬であるところの自分は、そこのところを、もうひとつうまく表現できない。自分としては精一杯、陽気に振る舞っているつもりなのに、「おい、どうした」「元気がないな」「腹がすいたか」と人間の皆さんに勝手に決められてしまう。

なぜ、神様は犬に笑顔を授けてくださらなかったのか。神様というのは、どうもやはり人間をいの一番に贔屓《ひいき》にしている。人間の願いや望みはそこそこ叶えてくれるのに、その他の生きものに対しては、いつも耳の遠いふりをしている。神様も身ひとつで、あれこれ、やり繰りしているのだから仕方がないけれど、そういうわけで、いつからか私が想う空の上の神様は「耳の遠い神様」になった。

いや、そんな話ではなかった。天国には、いずれ誰もが出かけて行くのだから、いまここで、ことさら望む必要もない。私が望むところは、通りをわたって少し行ったところにある銭湯の〈月の湯〉である。

あるいは、と思うのだ。犬である自分が銭湯へ行くことが出来たら、そして、そこにある湯船なるものに身を沈めることが出来たら、あるいは、自分にも笑顔というものが芽生えるかもしれない。

わずかな兆候でもいい。ほら、こうして私もまた皆さんと同じく陽気なのです、こうして皆さんと一緒に笑いたくなるときもあるのです、と笑顔によってお伝えしたい。

なにしろ、「おい、どうした」と声をかけてくる私のマスターにして映画館のマスターでもある彼は、よほどのことがない限り笑顔を見せない。私の見るところ、人を笑わせることも不得手のようである。

だから、彼を中心とした半径三メートルあまりでは笑顔の発生がきわめて稀《まれ》である。前のマスターがいなくなってから、なるべく彼のそばに「ついていよう」とひそかに決めた私は、そうした彼の習性のおかげで、以前よりずっと笑顔というものを見なくなった。直さんは笑う代わりに「お前、腹がすいたんじゃないか」と私の目を覗《のぞ》き込む。

直というのが彼の名前である。

ストレートに「ナオ」と読むが、つくづく、そのひと文字が彼の人となりをあらわしている。なにしろどこまでも真っ直ぐな人で――、

「まったく、馬鹿らしいくらいにな」

古本屋の親方が自分のかたわらに私を座らせて云《い》った。

「あいつはどうしてああなんだろう。俺はとにかくお前が可哀想でさ。年がら年中、あんな杓子定規《しゃくしじょうぎ》な男と一緒にいるなんて――。だからこうして、ときどき連れ出してやってる。わかるか。わからんだろうなぁ、アンゴには」

親方は私のことをそうして「アンゴ」と呼ぶ。そう呼ぶのは、ただひとり親方だけで、はっきり云ってこればかりは完全な勘違いというか、間違いである。

親方は私が知る限り、この界隈で最も博識な人間と思われる。しかし、どうしてなのか横文字にだけは、とんとうとい。皆から「デ・ニーロの親方」と呼ばれているのに、その「デ・ニーロ」を正確に覚えられない。

「俺のことを紅色《べにいろ》の親方と呼ぶヤツがいるんだが、あれはどういう了見なんだろう」

炬燵《こたつ》にあたりながら女房のサキさんに訊《き》いていた。私はくたびれた炬燵布団の隅にうずくまり、うつらうつらしながら、夫婦二人の会話を聞くともなしに聞いている。そうした夜の時間を格別に快く思う。これはしかし、親方その人を快く思うかどうかとはまた別の話で、サキさんのことはシノゴノ云わずに「好きです」と答えて思いきり尻尾を振ってしまうが、親方については、そう簡単に答えが出ない。

ところで、私は「シノゴノ」などと、いささか古くさい言葉を使用してしまうことがある。こうした言葉づかいは、すべて親方の影響である。親方は炬燵で燗酒《かんざけ》を舐《な》めるように飲み、そのあたりに転がっている古本をめくっては声に出して読み上げる。それから私に向かって「お前にはわからんだろうが」と、読み上げたものについての講釈が始まる。その独り語りの長いこと長いこと。「辟易《へきえき》」というのは、こういうときに使う言葉ではなかったか。

ただ、親方は独り言を云いながら、たびたび笑顔を見せる。そこのところが直さんと違う。直さんは眉と眉のあいだに縦じわを刻み、お酒を飲まないので珈琲を淹《い》れ、淹れたきり、ぼんやりと宙を見ている。しばらくしてようやく思い出し、あわてて冷めた珈琲を口にして、さらに縦じわを深く刻む。ため息が薄暗い部屋に白くたなびくのが見える。

そうした眉間にしわが寄った夜の時間が連続するのは快くない。だから、こうして親方が私を連れ出してくれるのはたしかに有難い。

「おい、青年」

親方は直さんをそう呼んでいた。「ちょいと犬を借りにきた」と声がして、私が居眠りを中断して顔をあげると、「おう、アンゴ」と親方の大きな手が私を招いている。

「ジャンゴです」

直さんは私の名前を正しく親方に伝える。「ラインハルトの」と命名の由来の説明もするのだが、親方はまったく意に介さない。「よし、アンゴ、ついてきな」と、映画の一本を観ることもなく、さっさと私を映画館から連れ出してゆく。

親方は自分が商《あきな》っている古本については、「どいつも俺の子供みたいなもんだ」とバナナみたいに大きな掌《てのひら》でさも愛おしそうに撫《な》でる。それなのに、昔の映画に対しては、看板を指差しながら、「こんなものを観る暇、俺にはもうない」と、つれないことを云う。親方のあだ名の「デ・ニーロ」は、私のように映画館で育った者でなくても、ある程度、映画に親しんでいれば、きっと記憶に残っている名前である。しかし、こうしたわけで、親方は横文字だけでなく映画にも非常にうとい。それで、自分のあだ名を「紅色」と聞き間違えている。

そんな親方を前にして、直さんはもうそれ以上、何も云わなかった。私を連れ出してゆくことに、「どうぞ」とも云わず、「忙しいので助かります」とも云わず、ましてや、「うちの犬を勝手に連れ出さないでください」とは決して云わない。

でも、いつかそんなことを云い出さないものか。直さんは心の中で思っていることを、なかなか口に出さない。それが世に云う「不器用」というものなのか、それとも、それこそが直さんの個性と呼ぶべきか、私はまだ人間のあれこれについて勉強中なので、正しい判定は出来かねる。

私は、「来い」と云われるまま親方についていった。

「偉いね、アンゴは。紐《ひも》をつないでないのに、ちゃんとついてくるんだから」

親方は私を見おろして何度そう云ったことか。もっとも、これは親方に限らず、紐や鎖につながれていない私の様子に気付いた誰もが口を揃えて云う。

私にしてみれば当たり前の話で、自分が偉いとは思っていない。ただ、サキさんに「ゴンは偉いねぇ」と褒められると、彼女が営んでいる屋台の残りものをいただいたときより、尻尾が大きく振れてしまう。

「ゴン」というのは、これまた私の呼び名のひとつである。そう呼ぶひとはサキさんだけではなくもうひとりいる。そのひともまた大変に麗《うるわ》しい女性で、名前を初美《はつみ》さんというのだが、ここだけの話、私はサキさんも好きであるが、初美さんのことも飛び抜けて好ましい。こうしたことを、人の世においては、「二股をかける」と云うのではなかったか。

ただし、初美さんのことを好ましく思うオスは私の他に何名もいる。まずもって、親方が初美さんの前ではだらしなく目尻を下げる。さらに、サンドイッチ屋の大里《おおり》さんや、スーパー・コンビニエンス・ストアに勤めるタモツさんといった映画館の常連客も、もし、彼らが犬であれば激しく尻尾を振っている。

特にタモツさんは、初美さんに対して「好き」という感情を通り越して、獰猛《どうもう》で野蛮な恋心を抱いている。私にはわかる。私にだって、こう見えて、獰猛と野蛮が宿っているのだから。

「おい、犬」
タモツさんは私のことをそう呼んで恐ろしい顔をする。私の見るところ、彼の生きる世界には敬称や尊敬語といったものが存在していない。一人称は一貫して「オレ」で、これはデ・ニーロの親方も同じだが、親方の場合は「俺」と漢字に変換される。一方、タモツさんの方は「オレ」と片仮名表記で口から勢いよく飛び出てくる。私にはその様がはっきり見える。私は犬なので、人に見えないものが見え、聞こえないものが聞こえ、嗅《か》ぎとれないものが嗅ぎとれる。大いに得をするけれど、大いに損もする。

「おい、犬。お前はきっと、オレよりいいもん食ってんだろう。肉とかチーズとかさ。それとアレだ、客が食い散らかしたポップコーンとか。そんなもの、オレは滅多に食えない。金がないからだ。それでもオレは貧しいなりにあれこれ試してひとつの結論に至った。毎日、食っても飽きなくて、主食としても云うことなし。その気になれば、さまざまなバリエーションが生み出せる。お好み焼きとはよく云ったものだ。その名にふさわしく、オレも好きなものを好きなように焼いて食ってる。だが、よく聞け、犬。そのほとんどはキャベツだ。つまり、オレの体はキャベツでつくられてる」

人間というのは、どうして揃いも揃って、犬であるところの私に延々と話しかけるのだろう。そんなことを聞かされても私としては困惑するだけである。私には返す言葉がない。いや、胸の内にはこうして言葉がたんまりとある。だが、残念ながら、犬は人の言葉を発音できない。

それとも、彼らは私たちが人間の言葉を完全に——おそらくは——正確に——たぶん——把握し、理解し、咀嚼《そしゃく》しているのを知っているのだろうか。

となると、「お前にはわからんだろう」と付け加えるのが腑《ふ》に落ちない。

まったく、人間は不思議な生きものである。

私が大人しく黙って聞いているので、タモツさんは他の誰にも云わないようなことをかすれた声で囁《ささや》きかける。皆の前では、「けっ、また、つまんねぇ映画観せられた」と悪態をついているのに、じつは誰よりも感動して涙ぐんでいる。思うに、うちの映画館のお客様の中では、彼が一番の映画好きではないか。

私は彼のように「三度の飯より映画が好きだ」と豪語する人間に、悪い人、イヤな奴はいないと思う。この方程式に則《のっと》って考えを進めると、私がかねてより結論を保留している問題——すなわち「はたして、直さんはいい人なのか」の答えは明白である。

というのも、私の知る限り、直さんくらい映画の好きな青年はそうそういない。直さんのそれは、好きを超えて恋も飛び越して愛と云うしかない。それも、熱愛とか偏愛といった類のもので、だから、たぶん「いい人」には違いないけれど、率直に云って、私は直さんのことになるとお手上げである。

「お前は、僕の靴が好きなのか」と直さんは云う。

まさか、そんなはずはない。人間はどうしてか、「犬は靴に執着がある」と思い込んでいる。くわえてどこかへ持ち去り、土中に埋めて隠し集めている——そう思っている。もちろん、そうした犬もいるだろうが、そうした輩《やから》はごく一部である。少なくとも私は人間の靴を愛おしく思ったことはない。

私が直さんの靴を毎日仔細《しさい》に観察しているのは、それが、私にとっていちばん近くにある彼の一部だからである。私は基本的に靴の匂いを記憶することで、自分に近づいてくる人間を見定めている。直さんはお金がなくて新しい靴を買えず、焦茶色のいまにも穴があきそうなボロ靴を常に履いている。毎日履いていれば、付着物や汗の度合いによって形状も匂いも微妙に変化する。それに従って、こちらの記憶も更新する必要がある。

ちなみに、前のマスターは靴を五足ほど所有していた。五足くらいは犬にとって何ほどのことでもない。五足すべての変遷を正確に記憶していた。たとえ十足であっても何ら問題はない。二十を超えるあたりから、いささかあやふやになる。それでも大きなトラブルは起きない。眼前に靴が迫ってくると、顔など見なくても誰なのかわかる。気合いを入れて床や地面の匂いを精査すれば、十五分前に誰がそこを歩いて行ったのか、姿かたちまでも思い浮かぶ。

ところで、私には立派な体格をもった二匹の兄がいるのだが、彼らはいずれも警察犬に選出され、その活躍ぶりから名誉ある表彰を受けている。私の父も母も伯父も大叔父も祖父も曽祖父も、皆、すべて警察犬として表彰を受けた。

私だけが、映画館の番犬として前のマスターに貰われた。体が小さかったからである。

「人生はおしなべて辛《つら》いものだよ」

親方は私の頭を無造作に撫で、私の境遇を知ってか知らずか、そうつぶやく。

「そういえば、お前の人生はどう呼ぶんだろう。人ではなく、犬の人生ってのは――」

親方にわからないのに、私にわかるはずがない。

「犬の生だから、いぬせい、か。いや、どうも間抜けな響きでいただけない」

親方は午後八時の古本屋の番台の前に座り、私は積み上げられた本の山へ載せられた座布団の上に猫の如《ごと》く横たわる。

親方の古本屋は、この町の南北を貫く商店街の南端にあった。町の名は〈月舟町《つきふねちょう》〉。この名にあやかって、銭湯は〈月の湯〉、団子屋は〈月見堂〉、うちの映画館は〈月舟シネマ〉と名乗ってきた。さぞや、月が澄んで見える町と思われるだろうが——、

「まぁ、都会に隣接する町としては、穏やかな方だろうね」

親方が云っていた。

「しかし、このごろは都会の塵芥《ちりあくた》がこっちへ吹き寄せられて、どうにも、ひどい」

私は、ある映画のある場面が忘れられない。

『三ミリの脱出』というタイトルで、通常の上映が終わって門を閉めたあと、直さんが自分のために上映したのを私も付き添って一緒に観た。ときどき、というか、かなり頻繁に私は通路のいちばん後ろに専用の毛布を敷いてもらって映画を観覧する。人それぞれ、さまざまな意見があるだろうが、私は映画こそが人間の発明の中で最も素晴らしいものであると信じている。そして、『三ミリの脱出』という映画は、その素晴らしいものの上で控え目に光を放つ、少しいびつに歪《ゆが》んだ月のような作品だった。

ストーリーは至って単純——。

直さんは〈月舟シネマ〉に関するあらゆることをひとりでこなしているが、たとえば、

観客に無償で配布する小さなリーフレットも自分でこしらえている。そこへ毎回、上映作品のあらすじと紹介文をこつこつ手書きでしたため、その文章をひねり出しているときが、例の眉間にしわが寄った時間の正体である。犬にしか聞こえないような小さな声でつぶやきながら悶々《もんもん》と推敲《すいこう》する。私はそのつぶやきによって、上映される作品のあらすじを、観る前から知っていた。

たとえば、直さんのつぶやいた『三ミリの脱出』のあらすじは、およそこんな感じである。

「主人公は廃園が決まった動物園の飼育係。彼は廃園後の行き先が決まっていない動物たちが手配師によって処分される可能性が大きいと知る。そこで、期日までのあいだに、行くあてのない動物たちを夜ごと巷《ちまた》に放つのだった」

私が面白く感じたのは、主人公の飼育係を演じた役者が、ちょうど直さんによく似た歳格好であったこと。夜ごと動物を解放することで、彼自身も自分を束縛していたものから脱してゆく。その心の動きが、頭上に浮かんだわずかな月の動きによって表現され、月光を浴びた動物園の檻《おり》が地面に縞《しま》模様の影を落とし、そこへ彼自身の影が重なって、ナレーションが被《かぶ》さる。

「夜空で月が三ミリ動くたび、自分の中にあるつまらないものが三ミリずつ捨てられてゆく」

私にはその意味するところがよくわからない。が、直さんはこの映画を観た次の日の夜から、「散歩に」と云い残して出かけるようになった。私の散歩ではない。彼ひとりで出かけてゆく。初美さんが早引けをしたときは、私があとをついてこないよう、ロビー脇の壁に紐でつないでゆく。たぶん、ひとりになりたいのだろう。出てゆくと、およそ四十五分は帰ってこない。

待ちながら、私は夜の町を彷徨《ほうこう》する直さんを想っていた。彼はおそらく彷徨のたび、三ミリずつ自分の中のつまらないものを捨て、そうすることで少しずつ身を軽くしている。私は「また取り残された」と思いながらも、いや、必ず直さんは四十五分で帰ってくると思いなおした。もし、帰ってこなかったとしても初美さんがいるから過度な心配は無用である。

映画館には彼女のパンの売店があり、はっきり云ってしまうと、〈月舟シネマ〉がある程度の集客を維持してきたのは、ロビーの隅で初美さんが自家製のパンを販売しているからである。

直さんもおそらく気付いている。映画をろくに観ないでパンだけを買って帰る常連客が何人もいることを。

直さんが「散歩に」と云い残していなくなる時間に初美さんがいれば——というか、初美さんがいなければそんなことも云い残さないのだが——私としては、初美さんと水いらずの時間を過ごせるので申し分ない。仮に初美さんがお休みの日であったり、パンが売り切れて早じまいになったときでも、自分だけ取り残されることにはもう慣れていた。


「ドッグ・ライフっていうのはどうだろう」

親方が番台の上にひろげた和英辞典に虫眼鏡をあてながら私の背中のかゆいところをさすってくれた。ドッグ・ライフ。犬の私にも理解できる単純な英語である。これなら横文字音痴の親方でも覚えられるし、「いぬせい」などと取ってつけたような造語を繰り出すより、よっぽどいい。

じつを云えば、私も探していたのである。

人の生ではなく、犬の生をあらわす、犬の来し方行く末をあらわす言葉を——。

「犬生」と書いて「けんじょう」と読んでみたり、「犬道中」「犬世界」「犬双六《すごろく》」などと、あれこれ考案してみたが、どれもしっくりこない。これらに比べて、「ドッグ・ライフ」が特別すぐれているとは思わないが、親方がそう云うのだから、もうそれでいい。私には、親方が「犬の生涯」に目を向けてくれたことだけでも嬉しい。それを思えば、言葉など後からいくらでもついてくる。

「あのな、人生も辛いけれど、きっと、ドッグ・ライフも辛いんだろう。つまり、ドッグ・ライフも辛いだろうが、人生も辛いんだ」

これは、スーパー・コンビニエンス・ストアに勤めているタモツさんが繰り返しぼやいていることでもある。

「人生は辛いよ」

彼は私の耳を乱暴に引っ張って耳打ちする。

「オレはスーパー・マンじゃないんだから」

タモツさんが云うには、自分がいま働いている近所のコンビニエンス・ストアは、ただのコンビニにあらず、正式名称は〈ウルトラ・スーパー・コンビニエンス・ストア〉というらしい。スーパーのみならずウルトラまで付き、従来のコンビニの枠を大きく越えて、ウルトラでスーパーなサービスを提供しているという。

「たとえばだ。少し前までは、ガス代、電気代、水道代、電話代の支払いを受け付けていた。ところが、ウルトラ・スーパーになったら、家賃、月謝、授業料、給料、それにちょっとした仕送りに至るまで、ありとあらゆる支払いが可能になりやがった。そのいちいちを、オレがひとりでこなしている。いいか、犬。この、オレひとり、ってところが重要なんだ。つまり、ウルトラ云々《うんぬん》の本当の意味は人件費削減の度合いを示す暗号だ。ウルトラの上には、ハイパーだのプレミアムだのといった言葉が載せられる。そのクラスになると、交替要員すら用意されていない。しかも、サービスはやたらにエスカレートして、オレたちはレジを打つだけじゃなく、客の求めに応じて、料理をしたり傷の手当をしたり検眼をしたりダンスの指導までしなくちゃならない」

本当だろうか。

タモツさんは映画の観過ぎかもしれない。しかし、そうしたデタラメが映画好きの嵩《こう》じた結果であるなら、少々、常軌を逸していたとしても私は微笑ましく思う。犬には微笑すら許されていないのだが——。

「腹がすいたか」と直さんは云う。「腹が痛いのか」とタモツさんは云う。「背中がかゆくないか」と親方は云う。でも、誰ひとり、「お前、笑いたいのか」と察してくれない。どうしてだろう。犬だって笑いたいですよ。

もし、この先、犬の世界に何らかの進化があるとしたら、それは「笑う」ことをおいて他にない。断じてそう思う。

「この時代には、まだ〈笑う犬〉の存在は認められていなかった」——そうした一行が未来の年表にきっと記される。「犬も歩けば棒に当たる」ではなく、「犬が笑えば人も笑う」だ。だいたい私は、いくら歩いても棒になど当たらない。棒にではなく、いつでも突き当たるのは人である。人の気配を私はいち早く察知する。ほら、云ってるそばから足音が近づいてきた。

いつものように番台の前で居眠りを始めた親方のいびきに混じり、どこからか、「今晩は」という声が私の耳に届いた。引き戸をあけたことによる空気の移動で、番台の上にひろげられた辞典のページがふくらんでめくれあがる。

来客の気配に親方は呻《うめ》きながら目を覚ました。「今晩は」の声が初美さんのものであると知ると、「なんでしょうか？」の「か？」が著しく上ずった。

初美さんは売店にいるときのギンガムチェックのエプロン姿ではない。水色のセーターの上に紺色のダッフル・コートを羽織っていた。

「直さんが、散歩から帰ってこないんです」

初美さんは親方の上ずった「か？」にそう答え、これに対して親方が、「帰ってくるだろ、そのうち」と急に冷たい云い方になったのを、あわてて制した。

「いつもの四十五分を過ぎても帰ってこないんです」

おでこに浮かんだ汗をしきりに手の甲で拭《ぬぐ》っていた。

「それからさらに、もう一回、四十五分が過ぎて――」

それはおかしい、と私は身構えた。

目に力をこめて初美さんの顔を見上げたが、初美さんは私を一瞥《いちべつ》しただけである。

私は本の山からそろそろと下へおりた。引き戸を目指して店の通路を進み、初美さんがあけ放したままの隙間《すきま》から外の匂いを嗅いだ。冬の始まりの空気の中に初美さんの匂い――石鹼の匂いとパンの香りが混じり合い、アスファルトの地面には、彼女がいつも履いている赤いラインが二本入った白いスニーカーの匂いもあった。

大きな月が出ている。

人類はその昔、行ってみたいところのひとつに「月」を挙げ、冗談ではなく本当にあんな遠いところまで行ってしまった。そういうところが人間の理解し難いところである。月は空にあるから、遠くにあるからいいのに——。

私は親方の店からそっと足を踏み出した。

思えば私はいつでも自分の力でそう出来る。元よりつながれていないのだし、誰かに監視されているわけでもない。親方の店にいるときも映画館にいるときも、私はたとえ永遠ではないとしても、ある程度の自由を許されている。

しかし、私は私の居場所を動かない。自分でそう決めていた。犬には犬の居場所というものがある。この世は人が一番の世界なのだから、私たちは迂闊《うかつ》にのさばったりしてはいけない。なにしろ、神様は耳が遠い。だから、私は直さんが連れ出してくれる朝の散歩だけで満足である。その移動はきわめて狭い範囲に限られているが、私は人の想像と体感を超えたウルトラでスーパーな五感に恵まれている。この町を自在に歩きまわったことは一度もないが、鼻をきかせて耳を澄ませば、いつでも頭の中に町の地図が描けた。

——あいつは本当に持ちこたえられるかな。

――それとも、最早《もはや》これまでか、あの映画館。

初美さんと話し込む親方の声が聞こえ、私は月を見上げながら出発した。月が道行きを助けてくれることを期待して――。

それにしても、親方は〈月舟シネマ〉の経営がどれほど厳しい状況にあるか知っているのだろうか。その点については、私が誰よりも詳しい。前の館主のときから知っている。前の館主はある日突然、予告もなしに逃げ出してしまった。私と映画館と直さんを置き去りにして。あんなに映画を愛していたのに。いま、どこでこの月を見ているのか。

いや、そんなことよりいまは直さんである。今夜の彷徨は四十五分を二倍にしてもまだ足りないのだろうか。そんなにも、捨てるべき「三ミリ」が彼の体に積もり積もっていたのか。

それとも、もしかして彼もまた――。

私は迷わず商店街を南から北へ駈けおりた。おりた、と云うのは、それがゆるい坂道になっているからで、時刻はと云えば、おそらく午後の九時をまわっている。商店の多くはすでにシャッターを閉ざし、しかし、駅に近づいたところで通勤帰りと思われる女性がハイヒールの音を響かせてこちらに向かってきた。私は二十四時間営業の弁当屋の前に立ちどまり、飼い主に待たされている不安げな犬のふりをした。

すでに、路上の至るところに匂いを感じていた。直さんの匂いが私には月の光を反射する足跡になって見える。

その足跡を鼻先で辿《たど》ってゆくと、商店街からも路面電車の線路からもはずれた道の上に、二重三重になって連なっていた。同じところを何度も歩きまわった形跡が窺《うかが》える。

道に迷ってしまったのか。

私は十字路の真ん中に立ち、そこから四方へのびてゆく足跡のいずれを追うべきか、と月を仰ぎ見た。

そのとき、月の声を聞いたように感じたのは、私もまた映画の観過ぎだろうか。

——踏切の向こうに彼がいる。

かん高い警報音が聞こえ、急いで駆け寄ったところへ遮断機がおりて行く手を阻まれた。

が、踏切の向こうの夜の闇からこちらへ近づいてくる人影がある。

途端に匂いがたちこめ、次の瞬間、踏切の向こうに直さんの顔が見えた。

まばたきひとつ分の一瞬——。

夜に浮かぶ顔の手前を、光を宿した路面電車がゆっくり横切った。

# 十字路の灯台

一週間というものが、私にはもうひとつわからない。

それが七日間であることは知っている。

一週間の終わりに土曜日というものがあり、この日は働いている人と働いていない人がいる。それも知っている。土曜日の次には日曜日が来て、日曜日は多くの人が休日に充《あ》てている。あるいは、勤務先の事情でそう決められている。もちろん、そうではない人もいて、そうではない店もある。

たとえば、〈月の湯〉は火曜日が定休日で、〈森澤洋菓子店〉には「木曜定休」の札がぶら下がっているのを見たことがある。うちの映画館に休みはないが、初美さんの売店だけは水曜日にお休みをいただいている。

つまり、必ずしも日曜日に休むわけではない。

ただ、カレンダーを見ると、日曜日だけが特別な色になっている。ものによって、月曜日の左にあったり、土曜日の右にあったり、そこはどうも曖昧《あいまい》なようである。

思うに、日曜日というのは、一週間の中に設けられた「外国」のようなものではないだろうか。

というのも、小耳に挟んだ誰かの話や、私が観た映画の中での見聞によると、どうやら、「月曜日が週の始まり」で、「土曜日が週の終わり」と多くの人が捉えている。日曜日は終わりでも始まりでもない。一週間の外にある。

「どうして日曜日が休みなのか、お前、知ってるか」

デ・ニーロの親方がサキさんに説いていた。

「あのな、この世をつくった神様が七日目に疲れちまったんだよ。それで休んだわけだ。よくぞ、休んでくださいましたってなもんで、おかげで我々もこうして六日働けば、休日をいただける。しかしだな、このごろ俺は思うんだよ。なぜ、四日目くらいに疲れてくれなかったのかと。神様ってのはずいぶんタフだったんだな。こっちはもう六日も保《も》たなくなってきた」

「なに云ってるのよ、だらしない」

サキさんは鼻で笑ったが、親方の名誉のためにもう少し話をつづけたい。

「まぁ、だからお前も屋台の仕事をもう一日休んだらどうだ、と俺は云ってるんだ」

「あら、そうなんだ。でも、わたしは平気だから」

「平気じゃねぇだろ」

日曜日についてはスーパー・コンビニエンス・ストアに勤めるタモツさんの意見が興味深い。なにしろ、コンビニには休日というものがない。

「それで、オレは日曜日というものを失ったんだ」

タモツさんは暗い声を出し、しゃがみ込んで私に顔をくっつけた。

「いいか、犬。よく覚えておけ。この世でいちばんいいものは日曜日だ。オレはガキのときからそう主張してきた。それを、どいつもこいつも笑いやがって。タモツは怠け者だからとか何とか。それはそうかもしれない。しかし、みんなそうじゃないのか。みんな日曜日が好きなくせに。中には日曜日まで働いて得意になってる奴がいる。冗談じゃない。オレにとって日曜日は幸福の象徴だ。少なくとも昔はそうだった。昔はよかったよ――」

私にはそうしたことがもうひとつわからない。

一週間という時間の長さの感覚も、六日働いて一日休むときの有難さも、日曜日が特別な日であるという喜びも。それは私が犬だからなのか。それとも、タモツさんが云うように、昔を知っているか知らないか、そこに差があるのか。

タモツさんはこんなことも云っていた。

「昔はよかった――なんてオレは絶対に人前では云わない。よくいるんだよ、そういうオヤジ。オレはそんなオヤジには絶対なりたくない」

おそらく、昔はよかったのだろう。そして、みんな日曜日が好きだった。

そういえば、一週間には効力もある。だから、一週間というものがよくわからない。犬に日曜日はない。

映画に登場する医者の多くが、「一週間ばかり様子を見ましょう」と云う。「一週間もすれば治るでしょう」と云う。

つまり、怪我や病気といったものは、一週間を経ることで元に戻るらしい。逆に云うと、一週間経っても快復の兆候が見られない場合は、やや深刻な事態となる。

じつは、この一週間に月舟町でそんなことがあった。

といっても、何か深刻なことが起きたわけではなく、一週間の効力によって、人の思いが元どおりになったという話である。

＊

「おい、青年」

と親方の声がしたので頭をもたげると、「俺に電話の一本くらいよこしたっていいんじゃないのか」と、どうやら御機嫌ななめのようだった。

「あのな、たしかに初美さんから電話はもらったよ。だから、何がどうなったのか、俺も知ってる。アンゴも無事だったし」

親方は定位置に寝そべっている私を一瞥した。

「ついでにお前さんも帰ってきた。しかしだな――」

親方は連絡をもらうまで気もそぞろで、直さんはともかく、私が店からいなくなってしまったことに非常に「心を痛めた」らしい。私は思わず耳を塞《ふさ》ぎたくなった。

人間は耳を塞ぐことが出来るが、犬はどう足掻《あが》いても音を遮断することが出来ない。聞きたくない話――たとえば、ミステリー映画の結末であるとか、どこそこの誰それが飼っている犬がひどい目に遭ったとか、もしくは、自分の失敗や身勝手な行いを指摘されたとき、いわゆる「耳が痛い話」を聞かされたときは大変につらい。

自分としては、親方の店を抜け出して直さんを探しに出たことが失敗だったとは思わない。ただ、少しばかり身勝手であったかもしれない。

というのも、実際に起きたことには、もう少し込み入った事情があった。

路面電車の踏切で私を見つけた直さんは――本当は私が直さんを見つけたのだが――踏切があがると、駆け寄ってきて、「よかった」と私の頭を撫でた。

「とうとう、お前も出ていったのかと思ったよ」

聞きとれないような小さな声でつぶやき、しかし、その意味がすぐにはわからなかった。私はいつもどおり親方のところへ身を寄せていただけで、これまでにもそのまま〈瀧川古書店〉に一泊することもあった。勝手に「出ていった」わけではない。そこのところは直さんも知っているはずである。

ただ、直さんと一緒に映画館へ戻ったとき、初美さんがめずらしく取り乱していた。古本屋に駆け込んできたときも、初美さんの汗ばんだおでこに、いつもと様子が違う、と感

じていた。初美さんは我々の姿を確認すると、

「なにやってるのよ、二人とも」

大変な剣幕で怒った。彼女はどんな場面においても声を荒らげる人ではない。もしかすると、初美さんの二十八年にわたる人生において、最も大きな声をあげた瞬間だったかもしれない。

こうした現象をたしか「最大瞬間風速」と云うのではなかったか。私はしかし、初美さんが「二人」と云ったのを嬉しく思っていた。同時に、「正しくは一人と一匹ですが」と訂正を申し入れたい思いもあった。

直さんは直さんで、「僕はジャンゴを探しに行ってた」と答えたが、どうしてそういうことになったのだろう——。

理由はふたつある。

ひとつは、直さんが散歩の途中で道に迷ってしまったこと。これは私の推測どおりで、迷って帰りが遅くなり、いつもの散歩時間が倍にまでなってしまった。なんとか映画館に帰り着いたが、誰もいない。鍵をかけていないどころか、照明もそのままで、何よりロビーのドアが開け放されたままだった。

一方、初美さんが云うには、直さんの帰りを待つうちに次第に不安が募ってきて、売店の後片付けも放り出して親方の店へ走ってしまった。しかも、あわてて書いた置き手紙は、「わたしは探しに出ます。ゴンも出ていったきりで——」

と尻切れとんぼになっていた。これを読んだ直さんは気が動転してしまったらしい。

——僕が留守のあいだに、親方の店から戻ってきたジャンゴが隙をついて逃げ出し、あわてて、初美さんが探しに出たのでは——。そう思ったらしい。

私に云わせれば、二人とも映画の観過ぎである。

でも、映画がたびたび描くように、人と人とのすれ違いは、およそこんなものである。

私が好ましく思うホラー映画では、「良くないこと」を引き起しているのは、大抵、怪物や幽霊ではない。およそ、人間の勘違いと必要以上の想像力が原因になっている。

そういえば、人がつくり出した必要以上にスピードの出る乗り物は、犬や猫のみならず、ときに人の命をも奪いとる。それと同じで、人間だけが持っている素晴らしい想像力が、しばしば、自分たちを惑わせる。どうもそういうことらしい。

もうひとつの理由はまさにそれで、「見当違いな想像力」とでも云えばいいだろうか。

私がいつか、この映画館から逃げ出してしまうのではないか——直さんはそう思い込んでいる。

「ジャンゴはマスターにとても可愛がられていたからね」

今回の顚末《てんまつ》を報告し合う中で、直さんは初美さんにそんなことを云った。

「マスターが恋しくなって、探しに行くんじゃないかって」

このマスターは前のマスターを指し、可愛がられていたのは事実であるが、いまのところ、彼を探してみたいとは思わない。

なぜなら、私のマスターはすでに直さんであり、いささか身勝手な行動に出て探し歩いたのも、私の思いに気付いてほしかったからである。

しかし、人間の想像力には敵《かな》わない。「敵わない」というのは、たしか「届かない」と同じ意味ではなかったか。

私は本当に色々なものが届かない。体の大きさは致し方ないとしても、思いや考えすらもまともに届かない。

たとえば、初美さんも直さんも親方も、顔を合わせてお互いの報告をしたことですっかり満足している。でも、私の報告をまだ聞いていない。私の声が届かないからである。

届くなら、初美さんがそうしたように声を大にして云いたい。

そもそも、ふたつの理由の根っこにあるのは何なのか。それはおそらく、直さんが映画館の行く末を案じる気持ちではないのか。なぜ、勝手知ったる月舟町で道に迷ったのか。道ではなく胸の内に迷いがあるからではないか——。

考えごとをするあまり、直さんはぼんやりとしていた。「ぼんやり」もまた、「良くないこと」を予想する人間の想像力から生まれる。どうして、そこのところを親方も初美さんも見過ごしているのか。このままでは、まるで私が原因であったかのようで、はなはだ遺憾である。

＊

ところで私は、意外にも、結構そこそこに、いや、かなり人気者と云っていい。

直さんも常日頃そう云っている。「結構」なのか、「そこそこに」なのか、そこのところはその時々で変わりゆくが、そのあとにつづく「お前は人気者だ」という言葉は変わらない。

「お前くらい、愛されている犬はいないよ」

実際、私は多くの人たちに声をかけられて頭を撫でられる。

「おい、元気か」「少し太ったか」「いい顔してるじゃないか」「何をそんなに悲しんでる」「何か云いたげな顔だな」「それにしてもお前はいい奴だ」「無口で大人しい」

直さんに連れられて十字路の食堂へ行くと、私を知っている客が入れ替わり立ち替わり声をかけてくる。体を撫でてくれる。かゆいところをさすってくれる。

しかし、最近は少し様子が変わってきた。食堂の客の中に知らない顔を見るようになった。食堂の評判を聞きつけて他所《よそ》の町から来た客である。中には、妙に整髪料の匂いがきつい目つきの悪い男がいたり、その目つきの悪い男の様子をうかがう、さらに目つきの悪い男がいたりする。

「なんだか落ち着きませんねぇ」

常連客のひとりである果物屋の青年も戸惑っていた。

常連ではない新参の客人たちは、私を見つけて、「お前、どこから来たんだ」「ひとりで来たのか」「道に迷ったのか」と見当外れなことばかり訊いてくる。

私が紐につながれていないせいである。私は首輪すらつけていない。いや、それだけではなく、私がそうしてあれこれ云われているときに直さんが知らぬふりをしているせいである。彼は私のことなど忘れてしまったかのように食事に夢中になっている。

もっとも、この食堂には昔から少々おかしな客が集まっていた。いまさら仕方がない。店のあるじからして、個性的というか相当な変わり者で、これは私だけの意見ではなく、暇を持て余した客人たちは、厨房《ちゅうぼう》から滅多に出てこないあるじの噂話を交わし合っていた。

「こないだ、四丁目の教会のあたりを暗い顔して歩いてた」「それ、おれも見た」「何かあったのかな」「あったんだろう」「それで、この一週間、店が休みだったのか」

この会話を聞いていたのか、急に直さんは定食の皿から顔をあげ、ナイフとフォークを皿の横に置いて「そうか」とつぶやいた。

私はその様子を食堂の隅——食堂のサエコさんが「君はここね」と特別に誂《あつら》えてくれた、安物ワインの木箱に毛布を敷き詰めた特等席から観察していた。サエコさんも同じく「そうか」と云ったきり食堂の壁をぼんやりと見ている直さんに気付き、テーブルの脇に立って、「どうしました?」と声をかけた。

ここぞとばかりに私は耳を全開にし、直さんが何ごとかつぶやいているのを余さず聞きとらんとした。人は耳を塞ぐことが出来ても、それ以上開くことは出来ない。私にはそれが出来る。私はその気になれば、人に聞こえない物音や声、場合によっては心臓の鼓動や胸に秘めた思いまで聞きとれる。

いや、さすがに心の中までは聞きとれないが、ほんのわずかでも空気を震わせるものがあれば、こちらの耳の開放具合で、最大瞬間風速的に音が拡大される。

サエコさんは「はい？」と訊き返したが、

「そうか、あのとき、すれ違ったのは食堂のあるじだったのか――」

直さんがはっきりそう云ったのが私には聞こえた。

このとき、食堂の中では何人かの客によって会話が交わされ、それぞれの食事の音――器がたてる音や食べ物が咀嚼される音も拡大されていた。

こうしたとき、私の耳はアンテナのように立ち上がり、耳の位置を調整することで聞きたい音だけを選《え》り分《わ》けられる。私がたまたまそうした技能に長《た》けた血筋を引いているのか、それとも、犬全般が授かった能力なのかはわからない。

サエコさんが「いま、なんて云いました？」と壁に向いたままの直さんに訊きなおすと、直さんはようやく我に返ったように顔をあげて答えた。

「食堂、休みだったんですね」

「そうなんです。先週一週間、お休みをいただいて。だから今週は一週間ぶりの営業で――御迷惑をおかけしました」

「いえ、僕もこの一週間は来なかったので」

「そうでしたか」

「だから、知りませんでした」

そこで二人の会話は終わったが、そのあと直さんが壁に向かってつぶやいた言葉を私は聞き逃さなかった。

「それで、道に迷ったのか――」


食堂は十字路の角に建っていた。

朝昼は暖簾《のれん》がはためいていない。いつだったか、陽が沈んだ頃合いに、サエコさんが暖簾を掲げているのを見たことがある。暖簾は真っ白で店の名はそこになく、始終、はためいているのは、十字路に風が吹き募り、行き場を失った風がそこで旋風に化けるからである。

いや、旋風の二文字は最大瞬間風速と同じで、気象の専門用語のようにどこか堅苦しい。それで、この町の人々はそれを「つむじ風」と呼び、名前のないこの食堂を〈つむじ風食堂〉と呼んできた。

以上は、食堂の客たちの雑談の受け売りである。

ただ、こう見えて、私も食堂の客人ならぬ客犬になって久しく、それに比べれば、直さんなどはまだ胸を張って常連とは云えない。

ちなみに、前のマスターは一週間に四度は通っていた。必ず私を連れ、そのことで峰岸さんは食堂のあるじと諍《いさか》いを起こしたことがあった。

峰岸さん、というのが、〈月舟シネマ〉の前のマスター——館主の名前である。あるじは食堂の入口で峰岸さんの太った体を押し返し、「犬は駄目です」と私の入店を頑《かたく》なに拒んだ。

「いや、こいつは犬じゃなく、俺の相棒なんで——」

峰岸さんは真顔で反論したが、養っていただく身で云うのも何であるが、本当にこの食堂にはおかしな客ばかり集まってくる。

「じゃあ、あんたも本当は犬なのか」

あるじもおかしな言動では引けをとらない。大体、このあるじはそもそも客人に対して礼を欠いている。とりわけ男の客に対しては無礼といってもいい。およそ男の客は「あんた」と呼ばれ、反面、女の客には言葉少なに丁重に接する。だから、女性陣にはそれなりに人気がある。そうした事情を知っていた峰岸さんは、その夜の客の顔ぶれをざっと見渡し、

「では、多数決で決めよう」

客が男たちばかりだったので、多数決を採れば、皆があるじへの反発心から峰岸さんを支持するだろうと読んだのだった。

「俺の相棒を食堂に入れてもいいと思う奴――」

そう云って峰岸さんが手を挙げると、客の全員がそれに倣《なら》った。

「だって、映画館の犬は行儀が良くて有名だからね」「むしろ、歓迎だよ」「それに、この食堂にはその猫が」と果物屋の青年が食堂に棲みついている白黒猫のオセロを指差した。

「すでにそうしているわけですから」

こういうとき、それ以上の云い争いをしないのが、あるじの立派なところである。にもかかわらず、「腰抜け」だとか「優男《やさおとこ》」などと、さんざん揶揄《やゆ》されてきた。

「どうぞお手柔らかに」

困った叔父を持った姪のサエコさんは、常ににこやかに客を窘《たしな》めてきた。が、新規の客の中にはあからさまにあるじの悪口を云う者がある。それでもなお彼らは食堂に通ってくるのだから、あるじの料理の腕前は大したものと云っていい。この小さな町にはもったいないくらい。

私はこの一週間に起きたことを私なりに想像してみた。

想像に集中するために耳を閉じ気味にした。周囲の食堂の音が後退し、想像の世界にすんなりと移行できる――。

事の起こりは、他でもないこの食堂を抱いた十字路だった。十字路の真ん中に立つと、四本の路がほぼ正確に東西南北にのびている。云ってみれば、この十字路はこの界隈の目印で、東西南北のどの方角から歩いてきても、ここを通り過ぎる確率が高い。商店街から離れているのに、いつも適当に客がいるのは、夕方から深夜までの営業が好評であるだけでなく、おそらくは、この場所のおかげであろう。町の目印となる十字路に灯がともり、風にあおられた白い暖簾がはためいているのは、夜道を歩く者にしてみれば灯台のように有難い。

親方が云っていた。

「だけどな、有難いものを、人はほどなくして当たり前なものに変えてしまうんだよ」

いつしか、そこにあるのは当然となり、名なしの食堂が年中無休を維持してきたことに、誰も気を留めなくなる──。

この状況を、もし、私が監督をつとめて映画に仕立てるとしたら、主人公たる食堂のあるじは、町の灯台守のような存在に設定したい。題して『灯台食堂』。

この町の夜道の灯台にして、胃袋の灯台でもあり、きっと、あるじには自分が灯台守を任じてきた自負がある。でなければ、開店以来七年にわたって無休を守ることもない。

そんな彼が、何の予告もなしに──と客の一人が云っていた──一週間も店を閉めて休んだのだから、映画『灯台食堂』は、そんな異例の事態を招いた経緯を追うべきである。

私は、あの多数決の夜を思い出した。

きっと、そうに違いない——と、あらためて食堂の隅から隅までを見渡す。

女性客がいなくなっていた。私のちっぽけな頭に蓄えられた記憶を辿ってみても、一カ月ほど前から明らかに女性客の姿が少ない。

思い出されることがあった。

最近、初美さんがたびたび直さんに話している、隣町の桜川に開店した「あたらしいレストラン」のこと。「意外にも」「結構」「そこそこに」「いや、かなり」と話すたび評価は変わっていたが、「とにかく人気があるらしい」とそこは変わらない。

「二週間くらい前から、売店の売り上げが落ちてきたんだけど、どうも、そのレストランで、お昼に焼きたてのパンを売り出してるみたいなの」

初美さんは声を落とした。

「そのせいかな」

同じセリフを食堂のあるじがつぶやいたとしても何ら不思議ではない。女性客が目に見えて減ったのは、「そのせいかな」と、あるじは彼女たちの顔をひとりひとり思い浮かべた。

灯台のあかりにも、エネルギーが必要である。ひたすら与えつづけるだけでは、どんなにタフな神様でも七日目にはきっと疲れる。あるじのひそかなエネルギー源だった女性たちの「ごちそうさま」の声を失い、彼はひどく疲れて落ち込んでしまった。

親方が「日曜日の神様」の話をしたときにこう云っていた。

「まぁ、神様も俺たちと同じで、疲れたり迷ったりするってことだ」

神様は七日目にその身を休めた。

そして、月舟町の灯台守は、七年目にしてようやく一週間の休息を自分に許した——。

食堂のあかりが消えてしまうと、町の人々は目印を失って道に迷う。いや、「町の人々」と大げさに云ってしまったが、本当のところ、迷子になったのは直さんだけだった。

ぼんやりしていたせいである。直さんは、考えごとをしながら、いつものように四十五分で映画館に戻れるよう歩いていた。いつもどおり十字路に差し掛かり、普段ならそこにあかりと暖簾があって、自然とその先の方角やコースが定まる。頭がぼんやりしていても、灯台のおかげで迷わず歩くことが出来ていた。

その、たったひとつの目印を失ってしまった。

「自分がどこを歩いているのかわからなくなって——」

直さんが初美さんにそう云うのを聞いて、私は次の日から夜の散歩に自主的に付き添うことにした。嫌がられるかとも思ったが、直さんも心もとなく感じていたのか、それとも、なかなか届かなかった私の思いがようやく届いたのか、何も云わずに当たり前のように並んで歩いた。

私は直さんが道を誤らないよう、気付かれない程度に先に立って歩いた。二度と初美さんが不安にならないよう――二度と初美さんに怒鳴られないよう、きっかり四十五分で映画館に戻るべく調整して歩いた。

「そういうわけで皆さん、今週から日曜日はお休みさせていただくことになりました」

サエコさんの声が私の耳に戻ってきた。

「へぇ」「そうなんだ」「残念だなぁ」といくつかの声があがったが、私は頭の中のカレンダーに、日曜日の赤を見た。

日曜日は一週間の目印であり、いわば灯台のあかりのようなものである。

それに、一週間の効力は本物だった。あるじの気の迷いも一週間で元に戻った。

私は安らかな気持ちになり、ついでに眠気に誘われて、大きなあくびが出た。その大あくびを、あたらしい客人たちに見られてしまったようである。彼らは眉をひそめて私を睨《にら》み始めた。

すぐに尻尾を丸めて体を小さくしたのだが、

「なんで、食堂に犬なんかいるんだ」

彼らの中のひとりが意地の悪い声をあげた。

「野良犬だな」「首輪をしてないぞ」「この店の犬じゃないのか」「違うな。このあいだはいなかった」「やばい犬かもしれないぞ」「追い出した方がいいんじゃないか」

いたたまれなくなって、私はサエコさんに助けをもとめようとした。が、こういうときに限って、彼女は厨房に引っ込んでいる。洗い物をしているのだろう。

私は黙っていた。鳴いてしまったら、鬼の首をとったように、「うるさい」「出ていけ」「汚らしい」と云われてしまう。我慢していれば、いずれ去ってゆく。いまがいちばん風の強いときで、こうして体を小さくしていれば、嵐は必ず去ってゆく——はずなのだが。

彼らはナイフやフォークをテーブルに放り出すと、「どこの犬だ」「情けない顔だ」と本格的に私を罵《ののし》りだした。誰かが立ち上がり、これはまずい、と身構えたところ、

「いい加減にしろ」

食堂中に大きな声が響き渡った。その声は聞いたことがあるようなないような声で、身構えながら、立ち上がった人を確かめると、

「僕の犬だ」

直さんが体を震わせ、食堂の壁すべてに反響するような力強い声で、

「僕の犬だ」

と、繰り返した。

# 字幕と三角関係

「聞いたよ、ゴン」

初美さんの匂いとおでこがすぐ目の前まで迫ってきた。

初美さんは私に話しかけるとき、そうして自分のおでこを私の眉間に押し当てる。それが私は快かった。うっとりしてしまう。

「直さんが云ってたよ。食堂でひどい目に遭ったんだって？」

いいえ、ひどい目に遭ったのは直さんの方で、私はただ助けてもらったのです。

そう云いたいが、もちろんそんなことは伝わらない。

「あのね」と初美さんはおでこを離し、大きな瞳で私の目をじっと見た。「わたしが見るところ、君はとても真面目なワン君だと思うけど、このあいだは、ちょっと脱走したりして直さんに心配をかけたでしょう？　今回も君を守るために擦《す》り傷をつくっちゃったし。

でも、いいの。そんな悲しそうな顔はしないで。君はわたしの云ってること、わかるよね」

ええ、初美さん、私はすべて理解しています。「はい」とひとこと云えればいいのですが、すみません、それを云おうとすると、なぜか吠《ほ》えてしまうのです。

「あのね」と初美さんは話をつづけた。「わたしはゴンにお説教をしてるんじゃなくて、もういちど云うけど、君は真面目だから、責任を感じてしまうんじゃないかって。これ以上、直さんに迷惑をかけられないと反省して、ここから出て行ってしまうんじゃないかって。私が心配しているのはそれなの」

初美さんはそこでくしゃみをひとつして、「ごめん」と云って、もうひとつした。それからまた私の目をしっかり覗き込み、

「ゴンは小さな生きものなんだから、君より大きな生きものに守られてしかるべきなの。弱いものなの。いい？　だから、反省しなくていいの。何も悪いことなんてしていないんだし」。

はい、わかりました——と云えたら、どんなにいいだろう。

それに、初美さんが云わんとしているのは、私がこのところ考えていたことでもある。

「弱い」とは何か。「強い」とは何だろう。私はうまく答えられない。

直さんが、連中とやり合ったとき、殴り合いにこそならなかったものの、相手が直さんの胸を突こうとしたのだった。直さんは咄嗟《とっさ》に身をかわしたが、相手はバランスを失ってテーブルの角に鼻の頭をしたたかにぶつけた。「あ」と「う」と「が」がひとつになった呻き声をあげ、たしか、そうした様を「ぎゃふん」と云うのではなかったか。

ぎゃふんとなった男が、つんのめりながら直さんのセーターを摑《つか》み、その力で直さんもバランスを崩して倒れ込んでしまった。そのはずみで椅子の背もたれで頬を強く擦った。

結果は、ぎゃふん男の出血の方がひどく、挙句、自分の鼻血に仰天して気を失った。だから、このいざこざに勝敗をつけるとしたら、直さんの勝ちである。

私が面白く思うのは、直さんはほとんど何もしていないということだ。ただ身をかわしただけで、つまり、ぎゃふん男にもたらされた強打と出血は、自らの力によるものだった。

しかし、その力は私を不愉快に思うあまり、生まれたものである。

「飼い犬なるもの、これすべからく首輪を装着し、紐および鎖等々で拘束すべし」

これが世の常である。そういう意味では、私は非常に肩身が狭い。私は先代のマスターの頃より、首輪と紐による拘束を免《まぬか》れてきた。はたして、それは犬にとっていいことなのか──。

「負けるが勝ち」という言葉を親方が教えてくれた。たしか、サキさんと炬燵にあたりながら話していたときだった。どうして、そのときのことを覚えているかと云うと、蒸したてのシューマイを食べていたからである。

私はどういうものか、美味しいものをいただいたとき──それも少し肌寒い日に湯気の立つあたたかいごちそうを食べたときに、その味わいと一緒にそのときのあれこれを覚えている。シューマイの皮は私の大好物だった。犬には玉ねぎがよろしくないので皮だけをいただくのであるが、私はシューマイそのものより、そこに立ちのぼる湯気や匂いを好ましく思う。とりわけ、サキさんの実家がある北区赤羽の名店〈ヤマネ〉のシューマイの皮は、もしかして、この世で一等旨《うま》いものではないだろうか。思い出すだけで唾《つば》がわいてくる。

私はそのとき、醬油用の小皿にシューマイの皮をふたつ分取り分けてもらった。私のこれまでのドッグ・ライフをかえりみて思うに、こうした場面で「君にもお裾分けね」と分配してくれるときは、十中八九、小皿に「ひとつ」が相場である。

しかし、サキさんは常に「ふたつ」取り分けてくれるのである。わかっていらっしゃる。私が〈ヤマネ〉のシューマイの皮をことのほか好み、ひとつだけでは足りないとわかっていらっしゃる。しかも、私が犬の分際で猫舌であることを考慮し、蒸したての湯気を損なうことなく、少しばかり冷ましたのを並べてくれる。

私はそのとき、のちのち筋肉痛になってしまうくらい尻尾を振って喜びをあらわした。

「おっかさんがね――」

サキさんはシューマイを頬張りながら親方に話していた。「おっかさん」というのはサキさんの母上のことである。

「お前、屋台の方は儲《もう》けになるのかいって」

親方はシューマイを醬油にひたし、チューブから絞り出した練りがらしを丹念にシューマイの上に箸で塗っていた。ちなみに、私にからしは禁物である。前にからしが付いた皮を食したとき、舌が驚いて、親方の家じゅうを走りまわってしまった。からし、わさび、とんがらし、といったものは、どれも私には強すぎる。親方は、からしをたっぷりと塗り、「きくぅ」と云いながら目尻に涙をためていた。「いや、旨いねぇ」と、まったくサキさんの話を聞いていない。

「それにね」とサキさんはつづけた。「古本屋の方はどうなってるんだって。どっちも商売にならないだろうって」

「うんうん」――そこでようやく親方が相槌《あいづち》を打った。

「そろそろ、潮時じゃないの、よく考えなさいって、三度同じこと云われちゃった」

「なるほどな。同じ話を三回するお前の癖って、母親譲りなんだ」

「あのさ親方、そんなことはどうでもいいのよ」

「わかってるよ。屋台はやめて、古本屋をおでん屋にしたらどうかって話だろ」

ちゃんと聞いているのである。

「その話は、もう三回聞いたよ」

三回、聞いているのである。

「どう思うの、親方――」

サキさんも、からしがツンときたのか、目のまわりが少し赤くなっていた。

「俺はね、もう世界に負けたのよ。もし、営利の結果で勝ち負けを決めるなら、俺は明らかに負けだから。勝ってやろうとも思ってない。だけど、昔から負けるが勝ちって言葉があるだろ。言葉があるってことは、延々と人はそんなふうに生きてきたってことだ。言葉はね、いや、本はね、いや、いまこそ云うけど、古本ってもんはさ、そういう人の思いをじんわり伝えてくれるもんじゃねぇのか？　俺はそういうのがイイのよ。お前の屋台も同じだろ？　屋台とか古本屋っていうのは世の中のどんづまりにある最後の楽園みたいなもんでさ、そういうところへ辿り着いた連中が、全員、マケイヌであっても俺はまったく構わない」

マケイヌ――と親方はそう云った。

「間抜け犬」ではない。前のマスターにそう云われたことがあった。私がまだ若かったときだ。「お前は間抜け犬なのか」と。でも、それとこれとは違う。「マケイヌ」と親方は云っていた。その言葉を耳にするのは初めてだったが、話の脈絡《みゃくらく》からして、それが意味するところは「負けた犬」に違いない。

どういう意味であろう。なぜ、犬なのか。わからない。こういうときは、親方が人差し指を舐めながらめくる大きな辞典を私もめくってみたい。調べたい。何か知りたいことがあったとき、すぐに調べられたらどんなにいいだろう。

私には行ってみたいところが三つばかりあり、一番は銭湯であるが、二番目は何を隠そう「図書館」である。もし、私が人間と同じように振る舞うことが出来たら、年中、図書館へ通って、心ゆくまで調べものがしたい。嗚呼《ああ》、調べもの。知らなかったことを知ることが出来る。そんな楽しいことが他にあるだろうか――。

映画で観たのである。

じつに大きな図書館だった。スクリーンいっぱいに本の背表紙が並び、それがどこまでもつづいている。私は嬉しくなって粗相をしてしまいそうになった。親方の古本屋も素晴らしいが、その素晴らしさがどこまでもつづいているなんて。数えきれないくらい背表紙が並び、そのすべてに文字が詰まっている。字はその連なりによって、魔法のように物語や声や思いや考えを伝えている。

私はもちろん映画も大変に好ましいが、その図書館の映画を観て以来、どうして自分は図書館の番犬になれなかったのかと悔やまれた。いや、無論のこと、映画館の番犬として生きてゆくことに不満はない。不満を云ったら罰が当たる。が、たとえば一週間に一日だけでも図書館の番犬になれたら、もう何も思い残すことはない。

その映画は『三角図書館』という題名で、ついこのあいだまで〈月舟シネマ〉で上映されていた。これがまたどういうものか、ただでさえ観客が少なくなってきたところへ、輪をかけて入りが芳《かんば》しくなかった。

「しょうがねぇから、オレが三回観てやるよ」

客の少なさに気付いたタモツさんが、本当に三回つづけて観てくれた。

「援助だと思って、僕も三回、観ることにするよ」

大里さんもいつものように状況を察してそう云ってくれた。

この助け舟に、「いつもありがとう」と感謝したのは直さんではなく初美さんだった。直さんはそのとき、少し離れて腕を組んで立っていたが、その様子に、私は合点がいったのである。

合点は『三角図書館』の内容にあった。直さんがリーフレット用にひねり出したあらすじの文面は、私の記憶する限り次のようなものである。

「郊外にある三角形の図書館を舞台に、風変わりで静粛な恋愛模様が描かれる。図書館司書のエミーと、清掃員のジョンと、副館長のラリーが三角関係に――」

ごちそうの有無が記憶の精度に関わるというのが私の説だが、それで云うと、直さんがリーフレットの文面を推敲する時間は私の夜食タイムで、直さんは大抵、温めた牛乳とビスケットを砕いたのを皿に盛ってくれる。湯気の立つシューマイの皮に比べると、いささか記憶の精度が下がるかもしれないが、充分に美味しくいただいているので、このあらすじの文面もその程度には正しいと思う。

直さんは文章が完成すると、決まって私に語って聞かせてくれる。このときはいつもより情感をこめ、よく予告編のときに流れる特徴的な喋《しゃべ》り方を真似て、

「三角関係に――」

と尻切れとんぼにそう云った。このような尻切れスタイルで書かれたあらすじは、いたずらに思わせぶりな印象になる。私に云わせれば、もうひとつついただけない。もしかすると、そのせいで入りが悪くなったのかもしれない。

しかし、直さんは気に入ったのか、「三角関係に――」と、そこだけもういちど繰り返した。

＊

宣言どおり、『三角図書館』を三度観た大里さんは、三度目を観た帰りがけに初美さん

の売店に立ち寄った。初美さんと二人で何やらこそこそと話し合っていた。最初は二人とも笑顔だったが、次第に深刻な顔になり、その様がまさに、『三角図書館』の一シーンに重なって見えた。

私もじつは三度観ていた。

すべての上映がガラ空きだったので、こっそり鼻で扉を押して静かに忍び込んだ。シートの陰に身をひそめ、スクリーンを見上げて憧れの図書館を心ゆくまで堪能した。

重なって見えたのは、「司書のエミーが兄のジョナサンと本棚を背にして会話するシーン」である。清掃員として働くジョナサンは、同僚のジョンと自分の妹が仲睦まじくしているのを目撃し、「あいつはやめておけ」と妹に忠告する。ところが、忠告の理由に説得力がなく、「あいつは本音を云わないから」「あいつは言葉づかいに品がないから」と、それればかり繰り返す。

大里さんは初美さんにそうした忠告をするような人ではない。ただ、どこかしら兄のようなところがある。そもそも、初美さんが〈月舟シネマ〉で売店を開いたのは大里さんのアイディアだった。初美さんは父親から引き継いだ町の小さなパン屋の経営が思わしくなく、このままでは店をたたむしかない、というところまで追い込まれていた。それを聞いた大里さんも困り果て——というのは、大里さんが働いている〈トロワ〉という店は、初美さんの焼いた食パンを使ってサンドイッチをつくっているからである。以前は別のパンを使ってそれなりに好評を得ていたが、初美さんのパンに変えたら、一段と味に深みが増して、売れ行きも増したという。

どうして私がこうしたいきさつを知っているかと云うと、大里さんが常連客と知り合うたび、ロビーの売店を指差しながら、「じつはですね」と解説を始めるからである。それで私はこの話を、都合、三回は聞いていた。

大里さんは初美さんの事情を聞く一方で、自分が足繁く通っている〈月舟シネマ〉の経営が立ち行かなくなっていることも気がかりだった。それで、あるときそのふたつが結びついた。映画館に併設するかたちで初美さんのパン屋〈グレーテル〉を移転し、「パン屋のある映画館」と謳《うた》ったらどうだろう。映画を観に来た客がついでにパンを買い、パンが目的の客がついでに映画を観る——。

そのとおりになった。

もともとロビーにあった売店を、外からでもパンを購入できるように改造し——といっても、あらかたの作業は親方とタモツさんと直さんが一週間で仕上げたので、当初、考えていた「素敵なパンの売店」にはほど遠かったのだが——いざ開いてしまえばそんなことは二の次だった。初美さんの明るい笑顔が何よりの看板で、売店そのものが少々くたびれていても、客の目にはさして気にならなかった。

「違うな」と文句を云ったのはタモツさんだけである。

「パン屋のある映画館じゃねぇだろ。映画館のあるパン屋だよ。そっちの方が断然、面白いって」

私もタモツさんに賛成だった。

「そのうち、映画館はつぶして、デカいパン屋にしたらいい。オレも手伝うよ。マジでそうしない？　オレ、もう辞めてぇんだよ、あのふざけたコンビニ」

私は『三角図書館』に登場する三人の主役のうちの一人＝本音を云わなくて、言葉づかいに品がない清掃員のジョンがタモツさんに見えた。

「こんな陰気なところでくすぶってるなんて、あんたには似合わない」とジョンはエミーをけしかける。「世界がもっと広いってことを学ぶべきじゃないかな、オレと一緒にさ」

これに対して、もう一人の主役であるジョンの恋敵《こいがたき》＝副館長のラリーは、「この図書館には世界がそっくりおさまっている」とエミーを諭《さと》す。ラリーは物静かな人で、実質的に図書館の運営を担っているが、本人にはその自覚がない。図書館のリーダーは館長であり、自分はあくまでサポートしているに過ぎない。そう考えている。立場があやふやで、もうひとつ自信を持てないその感じがどことなく直さんを思わせた。

実際、直さんは、事実上、〈月舟シネマ〉の館長でありながら、「僕はしょせん代役だから」と弱々しい声ですぐに否定する。

「あんな野郎のどこがいいんだよ」

大写しになったジョンが云う。はたして、タモツさんが初美さんにそんなことを云ったかどうかわからないが、『三角図書館』の上映が終わった何日かあと、今度はタモツさんと初美さんが、ひそひそ話し合っていた。

タモツさんはこういうとき、「ひそひそ」を堪《こら》えきれず、ところどころ声が大きくなる。ほとんど周囲に漏れ聞こえてしまう。周囲といっても私しかいなかったが、「ふざけた野郎だ」「オレでよかったら」「負けられねぇよ」とタモツさんは云っていた。

誰に負けられないのだろう——。

なんとなくわかっていた。映画のとおりに話が進んでいたからである。

案の定、次の日の午後、初美さんは直さんに手招きされて囁き合っていた。

タモツさんと違って、直さんは身振り手振りが穏やかなので、どんな話をしているのか見当もつかない。映画の中でもそうだった。ラリーはエミーを夕食に誘うが、閉館したあとの静かな閲覧室で、きわめて小さな囁き声が交わされる。字幕がなければ、誘いの言葉をかけているなんて思いもよらない。同じように、直さんが初美さんに何を話しているのかわからなかった。

なぜか、直さんは私の方を見てさらに声をひそめ、初美さんもまたこちらをちらりと見て、頷《うなず》いていた。

私は咄嗟に耳を立てて全開にしてみたのだが、それに気付いたのか、二人はすぐに話を終えて背を向け合った。さて、何が起きているのか。

世の営みに字幕が付いていないのが残念だった。

*

そして、待ちに待った水曜日がきた。

以前は退屈な曜日だった。その理由は、水曜日のロビーに響くタモツさんの舌打ちにすべてこめられていた。

「何だ今日は水曜日かよ。ちっ。つまんねぇな」

独り言のつもりかもしれないが、居合わせた全員が振り向いてしまうくらい、はっきり聞こえていた。タモツさんの視線の先には、空のショウ・ケースが並ぶ初美さんの売店がある。水曜日は、「本日定休日」の札がケースの上に載っていた。

ところが最近、お休みなのに初美さんが水曜日にあらわれる。しかも、「ゴンちゃん、散歩に行こうか」と私を連れ出してくれるのである。

その日も、夕方近くになって、「来ちゃった」という声が聞こえ、初美さんの匂いとおでこが「どこへ行こうか」と迫ってきた。

直さんはといえば、こちらを見て見ぬふりをしている。

映画館から出てゆくとき、「君はエライね」と初美さんが私を見おろした。私はいつもより慎重に初美さんの歩く速度に足並みを揃えた。

『三角図書館』の中でジョンが云っていた。

「デートっていうのは、ひたすら緊張の連続だ」と。「緊張のあまり、どこへ行って何をしたのか、全然覚えていない」と。ジョンの云うとおりである。私は正確に足並みを揃えることに集中し、どこをどう歩いているのかわからなくなっていた。

そのうち、隣町の桜川にほど近い〈桜丘公園〉に差し掛かった。私は自分と初美さんの影がアスファルトから雑草の中へ溶け込んでゆくのを恍惚《こうこつ》として眺めた。土や草花と同化する喜びとでも云うのか。忘れていた野性が、四つの足から体中に充電される心地である。が、こういうときに思わぬ不意打ちを食らうことを何と云ったろう。嗚呼、辞書で調べたい。「魔が差す」か。いや、そうではない。もっと的確な言葉がある。好ましいところには魔物がひそんでいる、という意味の——。

犬の場合、魔物はまず嗅覚《きゅうかく》に来る。鼻の先から何かが入り込んでくる。この匂いだ。きわめてよく知っている。よもや、このような場所で出くわすとは思えない匂い——。

そして、「おお」という声。「おお、犬」という声。

鼻と耳から入り込んできた魔物の正体を確かめると——タモツさんだった。

「好事魔《こうじま》多し」

ようやくその言葉を思い出した。しかし、なんら嬉しくない。タモツさんのことは嫌いではないし、魔物とも思っていない。が、初美さんとタモツさんがじつに親密そうに目を合わせ、またしても、ひそひそと言葉を交わすのを目の当たりにして、私は落ち着かなくなってきた。

「これ」とタモツさんが茶色い紙袋を差し出し、「ありがとう」と初美さんはいつになく丁寧に対応していた。そして、どこからともなく封筒を取り出すと、押しつけるようにタモツさんに手渡して、あたりを見まわした。

まさか、恋文だろうか。

映画ではそうだった。図書館に隣接する公園のベンチで、エミーはジョンに自分の思いを綴《つづ》った手紙を手渡す。そのシーンが私は好きだった。静かなシーンである。二人は無言のまま、わざとらしい甘い音楽が流れることもない。公園をわたる風が樹々を揺らす音だけが聞こえてくる。

私は見て見ぬふりをした。

タモツさんがズボンの尻ポケットに封筒をねじ込み、「じゃあオレ、仕事に戻るんで」と背を向けて去ってゆくのを見て見ぬふりをした。初美さんがその背中を見送り、タモツさんから受け取った紙袋をどこか複雑な表情で抱えなおしたのを見て見ぬふりをした。

「さぁ、ゴンちゃん、行こうか」

初美さんは来た道を引き返し始めた。ということは、やはり映画と同じく、二人はここで待ち合わせをしたことになる。それはいわゆる「しのび逢い」というものではなかったろうか。

私は足並みが乱れていたかもしれない。初美さんは商店街まで戻り、もう用事は済んだのだから、おそらくこのまま〈月舟シネマ〉に帰るのだろうと思っていた。

が、〈月の湯〉を過ぎてその先を右に折れ、迷わず路面電車の踏切の方へ向かってゆく。

私は踏切の手前にある銭湯裏の空き地を望んだ。目と鼻と耳でそれを見た。これまでにも何度か親方に連れられて来ている。まだ開店していなかったが、陽が暮れ始めていたので、すでに空き地の端に屋台の提灯《ちょうちん》が赤くともっていた。

「あら、いらっしゃい」

屋台の準備をしていたサキさんが「めずらしいわね、こんな時間に」と声をあげた。声は湯気の向こうから聞こえてきた。何かを煮ている匂いと何かを焼いている匂い。ぐつぐつ、ぱちぱち、という音――。

「おみやげがあるんです」

初美さんはタモツさんから受け取った茶色の紙袋を差し出した。

「パンです」

サキさんは「いつも悪いわね」と紙袋を仕舞おうとし、「あ、それ、じつは」と初美さんがあわてて引きとめた。「それ今度、売店に出そうと思ってる新作なんです。もし、よかったら試食してほしいんですが――」

「あら、そうなんだ。もちろんいいわよ。ちょうど小腹が空いてきたところだし」

サキさんの受け答えから察するに、こうした試食はこれまでにも何度かあったのだろう。

初美さんは、「じゃあ、ここに座っちゃいます」と長椅子に腰をおろし、「あ、ゴンちゃんのこと忘れてた」と本当に忘れていたようだった。私の頭を「ごめんね」と撫で、「あ、ゴンもいるんだ」とサキさんも私に気付かなかったらしい。いやはや。

「じゃあ、ゴンの分も」

紙袋の中から取り出したパンを包丁で切り分けて三つの皿に盛り、こうしたときでもサキさんは私の皿にふたきれ載せることを忘れない。

「新作」と初美さんが呼んだそのパンは、これまで売店に並んでいたものと違って、見たことのないラグビー・ボールのようなかたちをしていた。ひと口食べてみると、味は食パンではなくフランスパンに近い。

「あら、美味しい」

サキさんがさっそく褒めた。「すごく食べやすいし、これは売れるわよ」

初美さんはパンを噛《か》みしめながら頷いた。

どういうことだろう。私の見間違いでなければ、あの紙袋は公園でタモツさんから渡されたものである。初美さんが売店から持ってきたものではない。

「これ、本当はね」

初美さんがそう云いかけたところへ、路面電車の踏切が鳴り始めた。「本当はわたしが焼いたんじゃなくて」――そう云ったように聞こえたが、踏切と電車の音にかき消された。

字幕があればいいのに、と私は思った。

# デジャ・ヴの目印

「そういうことだったのね」

サキさんの声が、空にひとつきり浮かんでいる小さな夕映え雲と重なって聞こえた。

パンはやはり初美さんが焼いたものではない。「売店に出そうと思っている新作」というのも本当ではない。紙袋から取り出されたパンの正体は、噂に聞いていた隣町のレストランが昼に販売している「人気のパン」だった。

そのレストランが開店してから、初美さんの売店の売り上げが落ちていた。影響があるかもしれない。そんなに美味しいパンなのか。どうにも気になる。気になるけれど、自分で買いに行くのはしゃくだ。

「それで、タモツさんに買ってきてもらったんです」

思えば、初美さんが大里さんと話し込んでいたのは、ふたたび〈グレーテル〉の存続が怪しくなってきたからで、そのあとタモツさんと話していたのは、その店のパンをひそかに「買ってきてほしい」とお願いしていたわけである。

タモツさんはあのとき、「ふざけた野郎だ」と声を荒らげた。「オレでよかったら」とか「負けられねぇよ」と云っていた。私はそのときの「野郎」が意味するところは直さんに違いなく、二人が初美さんをめぐって対立しているのだと思い込んでいた。

しかし、現実というのは必ずしも映画のようにはならない。

「悔しいけれど、やっぱり美味しいみたい」

初美さんがパンを嚙みしめながら云った。

サキさんの屋台にはL字型のカウンターがあって、これはそっくり同じように十字路の食堂にもある。食堂のそれは雑多なものが並べられているので、食事をする席としては機能していない。食堂の客たちは皆、テーブル席に着き、テーブルに向かって一人で食事をする者が多い。並んだり向かい合わせになって食べることがまずない。先客が北を向いてテーブルに着けば、次の客も北を向いて座る。そのまた次の客も判で押したように北を向いてナイフとフォークを握る。

一方、サキさんの屋台はカウンターだけで、テーブル席は用意されていない。カウンターの定員は行儀良く詰めても十人といったところか。一人客が多いのは同じだが、カウンターと同じくL字に置かれた長椅子に客は並んで座ることになる。酒を飲んだりおでんをつまんだりして、ふと、顔をあげれば、目の前にサキさんの顔がある。

頭の上には夕空があった。湯気や匂いといったものが絶えず流れ動き、空には雲がたなびき、かたわらを路面電車が行き交っている。銭湯の方からは石鹸の香りと路地に咲く甘い花の香りが漂ってきて、線路からは鉄と油の匂いが入り混じって流れ込んでくる。放っておいても、黙っていても、何かしら行き交っている。

私は、さまざまなものが縞模様になってうつろっている夕方の空気と、サキさんが準備している甘辛味の煮物の湯気を鼻から吸い込んだ。

「お客さんが減ってしまったのは、本当なの？」

「ええ。このごろ、いらっしゃらないなぁ、と思い出される顔が何人も――」

それは初美さんの云うとおりで、私の観察によれば、このところ売店のお客様のおよそ四割ほどが見受けられなかった。

「お客さんは気まぐれなものよ」

サキさんの声はどこか明るかった。

「今回は原因が見えているけれど、どうしてなのか、さっぱりわからないときもあるし」

「そうなんですか」

「こう次から次へと新しいものが出てくる世の中になっちゃうとね、口が飽きるのも早いのよ。だから、また戻ってきたりする。他所の味に飽きてね。やっぱりこっちの方がいいやって。そのときに——ここが肝心なんだけど、前と同じ味でつづけていることが大事なのよ。そうすると、お客さんはすごく喜んでくれる」

「サキさんは長くつづけてきたから、そうした経験があるんですね」

「ホント、しぶとく粘ってきたからねぇ」

「わたし、そんなに根気よくつづけられるかなぁ。なんだか自信なくなってきちゃった」

「やめたくなったら、やめちゃえばいいじゃない。まだ若いんだし——」

サキさんはお玉ですくったスープらしきものを小皿に移して味見をした。

「ただ、わたしのこの屋台はね、云ってみれば、世の中のどんづまりにある最後の楽園みたいなものだから」

どこかで聞いたことのあるセリフだった。

たしか、このセリフを親方が口にしたとき、サキさんはシューマイを頬張って、ろくに聞いていないように見えた。

「他に行くところがないから、ここに辿り着いたような、そういう人たちのために開いてるわけ。でね——」

サキさんはもう一度、小皿に口をつけた。

「そういう人って、次から次へと後を絶たないのよ。だから、やめられないの」

これもまた親方が云いそうなセリフである。

あのとき私は「負け犬」という言葉に気をとられて、そのあと親方が何と云ったのかよく聞いていなかった。おそらく、サキさんのセリフのとおりだったのだろう。親方はあのとき、「そこの映画館だってそうだろう?」と云っていた。

「あの兄ちゃんは、よくやってるよ。だから、映画館がつづく限り、俺も負けられねぇ」

おかしな話である。映画館がつづいているから、自分も「どんづまりの楽園」をやめないと親方は云っている。サキさんはサキさんで、自分がこうして「楽園」をつづけているのだから、パン屋も踏ん張りなさいね、と初美さんを励ましている。

＊

ところで、大里さんとタモツさんが、初美さんとひそひそ話をしていた理由はこれで解明されたが、内緒話をしていた人はもうひとりいる――。

あのとき、直さんは私の方をちらりと見ると、あわてて視線を逸《そ》らした。

しかし、初美さんが屋台で打ち明けた話に直さんは登場せず、ということは、この件に直さんは関わっていないのか――。

(どうなんです?)

私なりに目に力をこめて見上げてみたが、直さんは一向に気付いてくれない。

「お?」と、ようやく気付いてくれても、「どうしたんだ、お前、寂しいのか」と例によって見当違いなことを云う。どうも私の顔は、いついかなるときも「泣いているのか」「何をしょんぼりしている?」「辛いことがあるのか」と云われてしまうようだ。初美さんが水曜日に散歩に連れ出してくれるのも、私がいつも「悲しそうな顔をしているから」だという。

「来ちゃった」

ふたたびめぐってきた水曜日の午後、先週と同じく直さんはこちらを見て見ぬふりをしていた。映画館を出るなり、初美さんが、「君はエライね」と私を見おろすタイミングも同じで、私が慎重に足並みを揃えるのも繰り返されて、まるっきり、先週の水曜日をなぞっていた。

私は妙な心持ちになってきた。

この特殊な感覚を、たしか「デジャ・ヴ」と呼ぶのではなかったか。

そんな映画があった。

いま起きていることが、以前、そっくりそのままあったと主人公の青年は思い込んでいる。映画の中では、それが錯覚なのか、それとも実際の記憶なのか曖昧になり、最初のうちは、おや？　と首を傾《かし》げる程度だったのが、日を追うごとにデジャ・ヴは回数を増し、一日の大半が既視感で覆われてしまう——。

私はその映画を観て驚いた。

人間にも既視感があるのか、と。

このいわく云い難い現象は、記憶装置すなわち脳の容量が少ない生きものにのみ起こるものと思っていた。ところが、この世で最も緻密な記憶装置を持った人間にも同じことが起きている。

（そうなのか）と私はスクリーンを見上げながらつぶやいた。実際には「うおおおん」といった呻き声を漏らしたに過ぎないが、基本的に呻き声を発しないように心がけている自分としては異例の事態である。

にもかかわらず、その映画のタイトルが思い出せなかった。頭の中へ雲のように浮かんでいるのが、ピントの合っていない画面のようである。

人間にもこうしたことがあるのだろうか。たぶん、ないだろう。ヒトは犬と比べものにならないくらい大きな記憶装置を頭の中に持っている。そればかりか、写真を撮ったり、文字で記録をしたり、録音をしたり映像に残したり。脳の外にもさまざまなかたちで記憶を蓄積できる。だから、容易に忘れるなんてことはない。「忘れた」と口走ることがあったとしても、あれはきっと、見て見ぬふりと同じである。知っているのに、とぼけている。でなければ、一時的に記憶の回路がつながらないだけだ。

犬には思い出せないことが多々ある。覚えられないことが沢山ある。何を思い出せないのか、何が覚えられなかったのか、それすらも思い出せない。

情けない話である。

結局のところ、自分というものを支えているのは記憶であり、云い換えれば、記憶の量がすなわち「自分」の量になる。私は「自分」というものが心もとない。だから、私だって写真を撮っておきたい。忘れないように、この「自分」をいつまでも残しておきたい。というか、記憶装置が小さな生きものこそ、写真を撮る必要がある。なぜ、神様はそうしなかったのか。なぜ、犬に写真を撮る能力や文字をしたためる術を授けてくださらなかったのか。

写真に撮って残せたらどんなにいいだろう。夕空の小さな雲の様子や、初美さんが考えごとをしているときの横顔とか――。

きっと、忘れてしまう。

こうして歩くたび、ぼろぼろとこぼれ落ちてゆく。残念なのは、何がこぼれ落ちたのか確かめられないことである。こぼれ落ちたものが目に見えればいいのに、どういうわけか、神様はそこのところも見せてくれない。それゆえ、しばしばデジャ・ヴに見舞われる。

私はそうしたことを頭の中にめぐらせながら、初美さんの足取りに遅れないよう注意深く歩を進めていた。犬の場合、視覚を中心とした全体像の記憶はぼやけているが、嗅覚を軸とした至近距離の記憶は残存度が高い。たとえば、アスファルトの路面の微妙な模様をいちいち覚えている。ましてや、一週間しか経っていないのだから、初美さんが先週とまったく同じ道を選び、じきに、〈桜丘公園〉に到着するであろうこともわかっていた。まるで、デジャ・ヴのようで、これでもし、公園でタモツさんが待ち構えていたら――。

しかし、私の鼻先が公園の草むらを割ると、初美さんはそこから先週とまるで違う行動に出た。タモツさんと待ち合わせをした南側の階段には向かわず、公園の西側にある広場へ足を向けて、そこが広場であることを示す看板の脇で立ちどまった。立ちどまるなり、

「さぁ、好きなだけ走っておいで」

いきなりそう云った。

「あのね」と声はつづく。「君もたまには自由というものを味わうべきです。いまがそのときなの。ね？　わたしはここで待ってるから、好きなように走っておいで」

そこまで云われて、ぐずぐずしていたら、聞き分けのない犬だと思われてしまう。

私はすかさず一目散に走り出した。

自由に走るのはひさしぶりのことで、走り出してしまえば足が勝手に動き、動けば嬉しくなり、嬉しくなると、それまでの考えごとは風に飛んで消えてしまう。単純な「自分」である。

人間はもっと複雑な「自分」であるに違いない。「走りなさい」と云われると頑なに動かず、「動くな」と云われると、その命令から逃げて走り出す。そうした人間のことを、たしかアマノジャクと云うのではなかったか。

猫にもそうしたところがある。人の意に反するような行動に出る。しかし、犬はそうではない。大抵の犬は命じられたことに従順に反応する。無理にそうしているわけではなく、自然と体が動いてしまう。だから、犬がアマノジャクになるのはかなり難しい。

ただ、「気まぐれ」と呼ばれているものに左右されることはあった。

それがめずらしく我が身に起きた。久々に走りまわって高揚していたせいかもしれない。広場の端にある雑草が生い茂った一帯に突入したくなった。その欲求にはどこか記憶が伴っていて、それもまたデジャ・ヴの一種だろうか。既視感よりもっと深遠な、体の奥深くに仕込まれたものに動かされていた。「自分」ではなく、別の「自分」の記憶に促されているような——。

それを「野性」というのかもしれない。

いつかも自分はこうしていた。全身が雑草に包まれるのが心地よく、どこかに落としてきた記憶を呼び戻せるような気がした。

それだけではない。

雑草を走り抜けた先に木立が見え、その手前に、一体どうしてそんなものがそこにあるのか、スーパー・マーケットで見かける銀色のショッピング・カートが捨てられていた。行き場を失っている。そう見えた。人ではないのに人のように、犬ではないのに犬のように見えた。

それもまた映画の影響であろう。たしか、アメリカの映画で、短いドキュメンタリーだった。『ストレイ・ショッピング・カート』という原題を『迷子のカート』と訳したのは前のマスターである。だから、もうずいぶん昔のことだ。

ショッピング・センターの駐車場や付近のバス停に置き去りにされたカート。誰かが転がして行ったのか、それとも風に運ばれたのか、遠く離れた道端や林の中で発見されるカート。その行方を淡々と追うだけの奇妙な映画だったが、次々と見つかるカートの佇《たたず》まいが、行きはぐれてしまった迷子のように見えた。

眺めているうちに、土の香りと雑草の匂いがたちこめてきた——。

陽の光が薄汚れたカートに複雑な陰影を与えていた。


私は走るのをやめ、すごすごと初美さんのもとへ戻った。

「どうしたの」「何かあったの」「元気を出して」

初美さんの声があたたかい牛乳のように体の中に注ぎ込まれた。

「もう、いいの？」「満足した？」

はい、もういいのです。私は充分に走りました。それに今日はめずらしいものを見つけて——嗚呼、もし、犬に写真を撮ることが出来たら、きっと、あのショッピング・カートを写しておくでしょう。

「じゃあ、帰ろうか」

私は足早になりつつある初美さんに懸命に追いついて足並みを揃えた。少し疲れてしまったのかもしれない。走ったからだろう。それとも、頭の中にいくつもの思いが溢《あふ》れてしまったせいか。

「ちょっと、寄り道をしようと思うんだけど」

先週はそんな予告もなく初美さんはサキさんの屋台に寄り道をした。たしかそうだった。そうだったように思うが、少し自信がない。そっくり同じようなことが繰り返されると、今日と一週間前との区別がつかなくなる。

だから、日曜日は赤いのである。

カレンダーが一週間という単位で仕切られていることや、日曜日に赤い目印が付けられているのは、きっと、こうして区別がつかなくなるからだ。よく似ているけれど、昨日と今日が違う日であること。一見、昨日の繰り返しのように見えて少しずつ違っていること。そのひとつひとつを覚えておくために。つまり、毎日毎日、自分を積み重ねてゆくことを怠らないために、人間は「目印」というものを発明した。

犬が散歩の際にマーキングをするのと似ている。私は極力抑えているが、マーキングは本能なので、野性が騒ぎ出したらどうしようもない。そこがヒトと犬との大きな違いである。ヒトは散歩をするたびにマーキングをしたりしない。

いや、それとも私が気付いていないだけで、ヒトはヒトなりに何かしら目印を付けているのだろうか。あるいは、目印となるものを、写真を撮る要領で見つけ出しているのか。

食堂の白い暖簾が、夜道をさまよう直さんの灯台になっていたように——。

面白い。

私のささやかな記憶に留められていたものが、こうしてつながり合って交流している。きっと、「生きる」というのはこうしたことを云うのだろう。ある日、突然こんなふうに意味がわかることを云うのである。

私の知る限り、人の世では常々「生きる意味」が問われている。しかし、その意味は、生きれば自然とわかるのかもしれない。生きなければ答えは出ない。生きれば生きるほど、それまで見えなかったものが見えてくる。夜の空で点と点が結ばれて星座が見えてくるように、毎日毎日を繰り返して積み上げてゆくと、ご褒美のように記憶が交流して大きな目印を見せてくれる。

そんなことなら、私はもっと記憶したい。すべてを覚えておきたい。覚えていれば覚えているほど、後々いろんなものが結びつく。思いがけない星座があらわれる。

「人生っていうのは、先に行けば行くほど面白いもんだ」

親方がそう云っていた。そのセリフを覚えておいてよかった。そのときは意味がわからなかったが、いまになってこうしてわかる。嗚呼、親方に伝えたい。人生だけではなく、ドッグ・ライフもまた先へ行くほど面白いものです、と。

忘れたくない忘れたくない。

神様、どうか、私の記憶力を向上させてください――。

「ゴンちゃん、あのね」

初美さんの声がどこか遠くから聞こえてきた。

いや、遠くから聞こえたように感じたのは私が考えごとに夢中になっていたからで、初美さんと私はしっかり並行して歩き、しかし、ふと気付くと、そこはサキさんの屋台ではなく、よく見れば、いつもの商店街でもない。

知らないところだった。おそらく一度も来たことがない。それとも、来たことがあるのに忘れてしまったのか。

「あのね――」初美さんはためらっていた。「怒らないでほしいんだけど」

次第に歩調がゆるみ、辿り着いたのは、路面電車の線路沿いに面した一軒の小さな店だった。ここが噂のレストランだろうかと看板を見上げたが、〈Footprint〉と横文字が並び、その下に「ペットショップ」とある。

「君も一緒にね」

自動ドアが開き、私はやや気後れしながら初美さんの後に従った。とてもいい匂いがした。それだけで気分が安らいでくる。

「お願いしていたものを取りにきました――」

ペットショップがどのようなところであるかは、わずかながら知識があった。大規模な店には多様な動物をケアする商品が揃えられている。ここのように小さな店舗では、犬と猫とその他の小さな動物に限定されている。そんなところに「お願いしていた」ということは、おそらく私に関わることである。「取りにきました」と云うからには、お願いして取りにくるまでのあいだに、それなりの時間が必要だった。初美さんの売店でも、パーティー用のサンドイッチを受け付けているが、「少々、お時間をいただきます」と記した紙が貼り出されている。

これがもし、獣医さんのところだったら、予防接種の痛い注射を打たれるのがオチである。

が、なにしろ、うっとりするような匂いがして、店員の女性は、「あなたがジャンゴ君ね」と、私の顔を見るなり微笑んだ。

「きっと似合いますよ」

何か準備をしていた。

やはり、注射なのか。怒らないでほしい、と初美さんは云っていた。

「直さんから君にプレゼントだって」

初美さんのおでこが額に押し当てられ、同時に首の後ろのあたりがもぞもぞした。

「君の名前が入った首輪だよ」

差し出された鏡に、いかにも不安げな顔をした私が映っていた。その首にはいい匂いのする赤い首輪が巻かれ、よく見ると、DJANGOと小さく白い刺繍が入っている。

「僕の犬だ」

食堂に響いた直さんの声がよみがえった。

首輪はその「目印」なのだと気付き、思わず「うおおおん」と声をあげながら、私は鏡の中の自分を眺めていた。

# どっちもどっち

また、スクリーンに雨が降っていた。

雨の場面でもないのに、なにゆえかと云えば、フィルムに傷がついているのだった。

では、どうして傷がつくのか。古いフィルムなのか。もしくは、昔の映画なのか。つまりは、時間の経過によって劣化してしまったのか。

どうも、そうではない。古いフィルムがすべて傷だらけというわけではない。たとえ、半世紀以上前のものであっても、傷ひとつないぴかぴかのフィルムもある。

要は磨《す》り減っているかどうかである。

親方はこの件について「摩耗《まもう》」「疲弊」「褪色《たいしょく》」といった言葉を並べて説明した。もっとも、それはフィルムではなく古本の話であったが——。

「古い本が、どいつもこいつもくたびれてるってわけじゃない。読まれているかどうかだよ。いい本は何人もの手から手へ渡って、何度もページをめくった痕跡がある。当然、傷もつく――」

この親方の説を聞いているのかいないのか、それこそ傷だらけの古びたソファに身を横たえているのは、食堂の常連客から「先生」と呼ばれている人だった。場合によっては、先生の前に「雨降りの」が付く。

雨降りの先生――。

先生は親方の古本屋に頻繁にあらわれ、ときには、親方が先生のアパートに本を届けに行く。それが、サキさんの屋台が開く頃合いと重なれば、店番をする者がいなくなってしまうので、親方は右脇に本を抱え、左脇には私を抱えて、先生のアパートの階段をのぼってゆく。

大急ぎで注釈を入れておきたいが、私はたしかに小ぶりな犬ではあるが、階段ぐらい自分でのぼれる。私はこう見えてタフな犬である。決してひ弱なワン公ではない。通常の階段であれば、ひるむことなく朝飯前でのぼってゆく。しかし、〈月舟アパートメント〉の絶壁階段だけは話が別である。

なにしろ、犬ではない人間であるところの親方が――本と私を抱えているとはいえ――

先生の部屋に辿り着くまでに、十二回も「勘弁してくれ」とぼやく。うち二回は「誰がつくりやがったんだ」と見ず知らずのアパート設計者に悪態をつく。「絶壁階段」という呼び名は伊達《だて》ではない。よじのぼるような急階段で、そのうえ、雨降りの先生の部屋は最上階の屋根裏にある。標示はないが七階に位置し、どうにかそこまでのぼり詰めると、廊下に落ちた親方の影はしばらく肩で息をしていた。先生の部屋の前で息を整え、ドアの脇にある呼び鈴を押しても故障中で鳴らないと知っている。

「おおい、来たぜ、先生」

アパート中に響き渡る大声を放つ。

およそ十五秒ほどしてドアの内側から「はい」とくぐもった声が聞こえ、さらに十五秒の間を置いて、カチリと開錠の音が響く。「どうぞ」と眠たげな顔がのっそりあらわれる。

その様子は「雨降り」ではなく「居眠りの先生」と云うべきだ。食堂で見かけるときも、食べながら居眠りをしていることがある。以前はもう少し快活で、「先生」と呼ばれるのが似つかわしくない万年青年のおもむきがあったという。

「さすがの先生も寄る年波には勝てないか」

親方は挨拶代わりに決まってそう云った。

「いや、ちょっと眠たいだけです」先生は親方の言葉を聞き入れない。「どうにも寝る間が惜しくて――」

「そんなことじゃ、ひたすら磨り減ってゆくだけだぜ」親方もまた聞き入れない。「先生もつまるところ、摩耗、疲弊、褪色のクチだな」

夕方の飴色《あめいろ》をした陽の光が薄暗い部屋に射し込み、先生の部屋の名物である双子の机の片方にだけ陽が届いていた。いま一方の机は影の中に埋もれ、双子のようにそっくり同じ机なのに、陽の当たる方の机だけが利用されている。日陰の机――通称「雨降りの机」には本ばかりが積み上がって親方の店と同じ匂いがした。

ちなみに、私が二人の会話から知り得たところでは、かろうじて陽が届く机で先生は日々の糧《かて》を得るための雑文を書いている。そして、いま一方の机で積年の研究対象である「降雨」をめぐるさまざまな事象について論文をしたためていた。

もっとも、論文用の「雨降りの机」には参考書と埃《ほこり》が積もりゆくばかりで、ひるがえして云えば、ちょっとしたコラムばかり書いている先生は、そうした雑文を次から次へとこなしていかないことには、アパートの家賃も払えないという。

「しかしどうだろう、先生。俺はどちらかというと論文より雑文の方が好きだけどさ、雑文ばかりにかまけていると、ストレスが溜まってくるんじゃねぇか？」

「摩耗、疲弊、褪色ですか。僕を古本と一緒にしないでください」

「いや、俺は先生を心配して云ってるんだぜ。徹夜なんかしないで、夜になったらちゃんと寝なさいって話だ」

親方はそこで本と私を抱えなおした。

「あのな、俺はこのごろ暇さえあれば思うんだけど、生きものには寿命ってもんがあるだろ」

親方は抱えてきた二冊の本――『雨をめぐる果てしない伝説』と『人工降雨の研究・第二版』――を机の上に置き、どこからか勝手に引っ張り出してきた椅子に大きな尻をどしりと落ち着けた。それで私はようやく解放されて、いつものように親方の足もとにうずくまった。

「俺の考えでは、眠っている時間はカウントされないんだと思う。時間が惜しいなんて云ってるところをみると、先生の考えは逆だろ？　つまり、一日は二十四時間しかないわけだから、なるべく睡眠時間を減らして、その分、いろんなことがしたい。しかし、いいかい？　寝ないで頭や体を働かせるってことは、それだけ寿命が磨り減るってことだ」

「おっしゃることはわかりますけど」先生はしきりに目をこすり、「寿命ということで云うなら、眠っている時間は仮死状態みたいなもんじゃないですか」

「それは違うよ。というかね、この際、先生の云い分に従って話を進めると、一日の睡眠時間を多めにとるってことは、それだけ仮死状態が長くなるってことだ。てことは、生きている時間が少なくなるわけで、一日あたりの寿命の消費量が少なくなる。となると、眠れば眠るほど寿命を使い尽くすのに時間がかかり、すなわち、長生きになるという理屈だ。な？　ぐっすり眠った上に長生き出来るなんて一石二鳥じゃねぇか」

「でも、眠ってばかりいたら原稿の締め切りに間に合わなくなります。間に合わないと生活費が稼げなくなります」

「だけど先生、最近、いつ会っても眠そうだろ。そんな調子じゃ、まわる頭もまわらねぇだろうよ。それにさ——」

「まだあるんですか、お説教」

「いや、これは説教じゃなくて、人生の先輩として助言してるのよ」

「そういうのを説教と云うんです」

「いや、先生はね、とにかく、雨降りの本を書きたいんだろ？　でも、日銭のために雑文を書いて我慢してる。でも、書きたい。でも、書けない。その書けない現実から逃避したくて、ついつい眠っちまうわけだ」

「あれ？　親方はどっちなんです？　僕にもっと眠れと云っているんですか。それとも、居眠りばかりしているのはいかがなものかと云いたいんですか」

「まぁ、どっちもどっちだね」

「そう云う親方はどうなんです？」

「俺はもうこの世に大して未練もないからさ。眠りたいだけ眠って、読みたいだけ読んで、食いたいだけ食って、飲みたいだけ飲むと決めたのよ」

「それこそ、逃避じゃないですか」

「あのさ、俺は先生にハッパをかけてやってんだぜ。有難く思いなさいよ。こんなじめっとしたところに閉じこもっていたら、そのうち誰からも相手にされなくなる」

先生が沈黙した。

「ズボシだったかな」

親方の追い討ちにも黙っている。「ズボシ」が効いたらしい。はたして、「ズボシ」とはどのような字で、どのような意味なのか。話の流れからすると、「当たり」という意味ではないかと思われるが、それなら「当たりだったかな」と云えばいいところを、あえて云い換えているのだから、何かしら「ズボシ」ならではの意味合いが含まれているに違いない。

親方はそれ以上何も云わず、先生は眠そうにこすっていた目を開いた。

目の焦点が合わないまま、影の中に埋もれている「雨降りの机」を眺めていた——。

＊

その数日後、ふたたび「ズボシ」を耳にしたのは、夜遅い十字路の食堂においてだった。

「いやぁ、ズボシですね」

どこからか声が聞こえ、すかさず顔をあげて直さんの方を窺うと、直さんはナイフとフォークを操りながら黙々とメンチカツ定食を食べていた。食べながら三つ先のテーブルで向かい合わせに座っている二人の青年をそれとなく観察している。他に客はいないので、どうやら「ズボシ」の声はその二人から聞こえてきたらしい。

二人の青年のうち、ひとりは見慣れぬ人物で、もうひとりは皆から「弟さん」と呼ばれているひとである。「弟さん」の由来は、彼の兄が食堂の常連の果物屋であるからで、その兄はといえば、先だって「研修」と称して、「そのあたり一周の旅」に出てそれきりだった。


「町の果物屋が研修の旅に出るなんて、聞いたこともねぇな」

親方はそう云ったが、世界でも日本でもなく、「そのあたり一周」というのが興味深い。

旅に出る前に、兄は親方の店に立ち寄って、「いよいよです」と頬を紅潮させていた。

「何がいよいよなの？」と親方が不審そうに訊くと、

「そのあたりへ行ってきます」と兄は紅潮だけではなく、声を震わせていた。

「行ってきたらいいじゃねぇか。旅に出るわけじゃあるまいし――」

「いえ、旅に出るんです」

「はぁ？」親方は大げさに首を傾けた。「そのあたりに旅をするってことか？」

「はい。これは僕が長年計画してきたことで――話せば長くなるんで、かいつまんで云いますが、そのあたりというのは、一体どのあたりのことを云うのか、この積年の疑問を解くために実験してみようと思うんです」

たしかにそのあたりへ出かけてゆくにしては、ずいぶん大きな鞄《かばん》を抱えていた。この日のために新調したと思われるかたちのいい帽子を頭に載せている。

「そのあたりっていうのは、電車でどのくらい行ったところを云うんだ？」

親方が苦笑まじりで問うと、

「だから、それを検証してみたいんです」

兄は大真面目だった。この人は一年中、朝から晩まで大真面目で、言葉数は少ないが、ときどき誰も解けないようなことを云い当てる。

彼が旅に出ているあいだは「弟さん」が果物屋の店番をすることになっていた。兄が旅立ったあとに、さっそく店先に座った彼は、まるで双子のように兄とよく似ており、口数も少なく、いつ見ても本を読んでいる姿が兄と瓜ふたつだった。

あるいは、兄が一人二役をこなしているのではないか、という噂もあった。

「あいつは、ひょうろく玉の臆病者だから、あいつにとって、そのあたりっていうのは、なんのことはない、結局、自分の店から一歩も出ないって話じゃねぇのか」

果物屋の店先で親方がケチをつけた。

「いえ、そうではありません。よく見てください。ほら、僕は兄ではなく弟ですよ」

冷静に首を振るその感じが、まったくもって兄そのものだった。

「まぁ、どっちでもいいか」

親方もその真面目な受け答えに拍子抜けし、これは親方に限らず町の誰もが同じように感じていたようである。「弟さん」という呼び名は定着したものの、兄であろうが弟であろうが、果物屋の青年に変わりはなかった。

ただ、これが一人二役でない限り、弟さんが店番をしている以上、兄は「そのあたり」を旅していることになる。そう思うと、私は愉快な気分になった。まるで、ひとりの人間がふたりに分身し、ひとりは旅に出て、ひとりは店番をしている。もし、そんなことが本当に可能なら、雨降りの先生などは真っ先に分身して、双子の机で席を並べて二人分の仕事が出来る。

ただ、その場合、親方云うところの「寿命」は二倍の消費を余儀なくされ、またたく間に人生が摩耗してしまうのかもしれない。

「そうですね、まったくズボシです」

その声はどうやら弟さんの声で、話の脈絡はわからなかったが、もうひとりの青年に何かしら云い当てられたらしい。

私は聴力に意識を集めて精一杯、耳を開いた——。

「見えます」

正体不明の青年がそう云っていた。彼は目を閉じている。何も見ていないのに、「見えます、見えます」と繰り返している。人が目を閉じながら何かを見るときは、ここではないどこかを想っている。もしくは、自分や他人の内面を想っている。それを「透視」と呼ぶか「想像」と呼ぶか、勉強不足の私には両者の違いがわからない。

「君は、どうして自分がこんなところにいるのかと思っている。自分の意志で選んだわけじゃない。果物屋になりたかったわけでもない。そうでしょう？」

そのひとは目を閉じたままそうつづけた。

「不思議だな」と弟さんが答えた。「オイズミさんはどうしてそんなことまでわかるんです？」

どうやら、オイズミというのが見知らぬ青年の名前らしい。目が変に充血していて、安物の整髪料の匂いが鼻がおかしくなりそうなくらい、きつい。万年青年ではなくインチキ青年といったところか。

「金庫があるでしょう？」

オイズミさんが、突然そんなことを云い出した。「店の奥の段ボールを積み上げた裏に」

「いや、金庫は店の奥の台所の流しの下にあります」

「ああ、そうでした。見えます、見えます。流しの下に。その金庫の中には、ほとんどお金は入っていなくて――」

「ええ、そうです」

「店の権利証と印鑑がしまってある」

「どうしてそんなことまで」

私は強烈なデジャ・ヴを覚えた。

目の前のやりとりとそっくり同じ場面をこれまでに何度も見ている。

ただし、それはスクリーンの上で、そのフィルムには盛大に雨が降っていた。雨の場面というわけではない。昔のフィルムでもない。比較的、近年の人気作で、その人気ゆえにフィルムは度重なる上映で摩耗していた。うちの映画館でも三度は上映され、私はおそらく十二回は観ている。そのたび「嗚呼」と嘆いてしまうのは、スクリーンの中とはいえ、純朴な青年が下心のある男に騙《だま》されてしまう顚末を知っているからだった。

これは、世界的に有名な作品なので、ことさらここであらすじを紹介するまでもない。が、常に本ばかり読んでいる果物屋の彼は——いや、彼ばかりではなく兄も弟も、二人揃って映画には興味を示さなかった。

「そんな暇があったら、僕は本を読みます」

兄が断言しているのを食堂で聞いたことがある。

「人生は短いんです。あれもこれも出来るわけじゃありません。僕はそうしたことを本で学びました。映画から学ぶこともあるでしょうが、僕は迷わず本を選びます」

もし、本ではなく映画から学ぶ道を選んでいれば、こうした場面において、即座に気付いたはずなのに。これはあの映画とそっくり同じだ——と。

「純真とはつまり世間知らずのことに他ならない」

映画の中で誰かがそう云っていた。誰か注意してあげないと、弟さんはオイズミさん——いや、「さん」など付ける必要はない。「オイズミ」でいい——に騙されて金庫の暗証番号を教えてしまうかもしれない。オイズミの目論《もくろ》みどおり、店の権利をそっくり奪われてしまう。

「そんなことは映画の中だけですよ」

純真な人はそう云うだろう。が、世間知らずという言葉が示す「世間」というものは、そうした純真なものをひねりつぶすのが得意である。人の世がそうなっているので映画もそうなっている。

「どっちもどっち」と親方は云っていた。こうしたときに使えばいいのだろうか。どっちもどっち。映画は人生を写し、人生は映画そっくりになる。騙す方も悪いが、騙される方も常識がない。どっちもどっちである。

いや、まだ騙されたわけではない。

騙されないうちに誰かが――と直さんの様子をいまいちど確かめると、先ほどと寸分違《たが》わぬ姿勢でひたすら黙々と食べていた。

それとも、見て見ぬふりをしているのか。そんなふうにも見える。もし、これが映画の一シーンなら、直さんの見て見ぬふりの演技があまりに未熟で本当のところがわからない。

こうしたとき、つくづく犬の無力を感じてしまう。

人と同じように名前を与えられ、その名を首輪に刺繍までしてもらったのに、結局のところ、私はただの犬である。人の営みに干渉することは出来ない。出来ることと云えば、オイズミのすねに犬歯を食い込ませることだけだが、そんなことをしたら、折角の首輪が台無しになる。首輪を誂えてくれた直さんの思いを裏切ることになる。

私は致し方なく耳を閉じた。

それ以上、会話を聞き取るのがいたたまれなくなった。この先、映画のとおりに事が運ぶとすれば、今日のところは、これ以上のことは起きない。後日、様子を見はからって、オイズミは金庫の暗証番号を探り出し――あとは推《お》して知るべし。果物屋はシャッターがおりたままとなり、兄につづいて弟もまた行方不明になる。

私は暗澹《あんたん》たる思いで耳と目を閉じた。

そのうち食事を終えた直さんが立ち上がる気配があり、急いで目を開くと、直さんは定食の代金をテーブルの隅に置いて、「さぁ、帰ろう」と私に目配せをしていた。

こういうとき私は尻尾を振りつつ速やかにマスターのもとへ走り寄るのだが、どうにも力が出なくて、のらりくらりしていたところ、

「あ、お帰りですか」

サエコさんの声が近づいてきた。

「雨が降ってきたみたいです」

サエコさんは食堂の入口を見やり、いつもの笑顔が少し曇っていた。

「もう少しいらっしゃったらどうです？」

私は直さんの顔を見上げ、次にサエコさんの顔を見上げた。それからやはりどうしても気になって、弟さんの様子を横目で見た。弟さんはオイズミがひそひそと話している声に身を乗り出して耳を傾けている。嗚呼——。

「ごめんなさい、昨日もにわか雨があって、忘れものの傘がちょうど売り切れちゃったんです」

サエコさんが申し訳なさそうに云うと、

「平気です」

直さんは手をひらひらと振ってみせた。

「結構、降ってますよ」

サエコさんの顔から笑顔が消えていた。

「今日は御覧のとおり空いてますから、いくらでも雨宿りしていってください」

懇願するような声色に聞こえたのは気のせいだったろうか。

もしや——と私はそこで、それまで見過ごしていたことに初めて気付いたのである。あらためて、直さんを見上げてサエコさんを見上げた。たしかこうしたことを「色眼鏡で見る」というのではなかったか。色眼鏡をとおして二人を見上げると、なかなかどうしてお似合いではないか。少なくともサエコさんが直さんに特別な思いを抱いているのは、こうして気付いてみると、それ以外の何ものでもない。問題は直さんがその思いに気付いているのか。仮に気付いていたとして、その上で直さんがどう思っているのか——。

「帰ります」

直さんは、わざとらしいくらい素っ気なく応えた。

「そうですか」

サエコさんも下手な芝居のように肩を落とし、直さんの顔を見ないようにして、「お気を付けて」とテーブルを拭いて皿を片付けた。

私は、サエコさん、直さん、弟さん、と順に見て、どうにも心残りではあったけれど、

「ごちそうさまでした」

と食堂に背を向けた直さんに従った。

外に出るなり湿った風の匂いに包まれた。食堂の白い暖簾に雨粒が点々と打たれてぱら

ぱらと音を立てている。食堂を離れて歩き出した途端に雨足が強くなり、私は力を落としてうなだれたまま歩きつづけた。私はタフな犬であり、少しくらいの雨は何ほどのことでもない。

しかし、そのような驕《おご》った態度は改めるべきかもしれない。

ヒトは雨に濡れないように傘というものを発明した。どうしてあんなものを考案してまで雨に濡れたくなかったのだろう。シャワーを浴びたり、湯につかったり、プールや海やらで泳いだりもするのに、なぜ、雨だけは歓迎されないのか。

あれは——あの傘というものは、必ずしも空から降ってくる水をよけているだけではない。降っているのは水だけではなく、じつのところ、色々なものが降っている。たぶん、そうだ。

私はそこのところをうまく云えない。「悲しみ」という言葉を当てはめたい気もするが正解ではない。もっと心もとない、いつまでも思いが定まらないような、そんな名付けようのないものが雨には含まれている。

それとも、私が知らないだけで、ヒトはとっくにその思いに言葉を当てはめているのだろうか。雨降りがかもし出すものを充分に理解した上で傘を発明したのだろうか。

表面的にタフであっても、雨は体の外だけではなく中にも降る。傘は単純に雨を排除するために考案されたのではなく、心の中に降る雨に対しても対処するべくつくられている。外に降れば、中にも降る。

もしかして、雨降りの先生が眠い目をこすりながら、日々、考えつづけているのは、そうしたことなのか――。

「まぁ、先生の研究は万人に理解されないかもしれないな」

親方が先生に忠告していた。

「先生のは、とっくに物理学的な範疇《はんちゅう》から離れて、ほとんど詩の領域に入りこんでる」

先生はそれまでの眠たげな様子から一変して、親方に向きなおった。

「どうしてそんなことまでわかるんです？」

弟さんが口にしたのとまったく同じセリフだった。

雨が入らないよう目を細めて夜空を見上げると、こちらを見おろしていた直さんと思いがけず目が合った。直さんもまた目を細めて背を丸めていた。

「お前、平気か」

そのときの消え入りそうな声は、はたして私にだけ向けられたものだったろうか。

# 雨と美少女

町に雨が降っている。

当然ながら、私の頭の上にだけ降っているのではない。町全体に降っている。それは本当に大したことではないかと思う。町のすべてに向けて降っているのだから。

といって、私は町の全体像を把握しているわけではない。一体、どこからどこまでが「私の町」と呼んでしかるべきなのか、じつのところ私は知らない。

果物屋の兄が「そのあたり」へ行ってくると云い残して旅に出たのは、「そのあたり」がどのあたりを指すのかを探り、そうすることで、「私の町」がどのくらいの範囲なのか見定めようとしているのかもしれない。

そうした範囲というものは人それぞれで、人によっては、回覧板をまわす家々の並ぶところが町であり、また別の人にとっては、区や市や郡や府といった地図上の境界線に囲まれた全体を指している。

そして、ここに雨というものを考え合わせると、もしかして、天気予報の際に区分けされた地域が、それぞれの「私の町」ということになるのかもしれない。それは結構な広さである。

私は夜遅い時間に直さんと一緒に小さなテレビ・モニターに映る天気予報を見るのが楽しみである。「明日は雨でしょう」と示された範囲があまりに広いので、いつも驚いてしまう。雨というのは降るとなったら、あんなにも広いところに一斉に降るものなのか。そういうものだと理解してしまえばそれまでだが、ときどき「本当に?」とテレビの人に訊きたくなる。

直さんが愛用しているテレビ・モニターのサイズは映画館のスクリーンの二百分の一くらいしかない。正確に計測したわけではないが、私の体感としてはそんな感じである。もしかすると、さらに小さいかもしれない。

モニターに映し出される町の大きさは切手一枚分ほどで、私はいつも頭の中で切手を二百倍に拡大して補正している。そのうえで、そこに降りつづく雨粒を想う。雨は絶え間なく降り、一体、何万何億粒の雨が町に降り注いでいるのか。想像すると気が遠くなってくる。

直さんは空模様が怪しいときはモニターに顔を近づけ、予報が「晴」のときは黙っている。「雨」と表示されると「雨か」とつぶやく。

雨が降ると映画館ではさまざまなことが起きる。

まず、雨漏りが発生する。幸い、客席ではなくロビーの一角なのだが、改善するためには膨大な費用がかかってしまう。だから、バケツひとつで対処するしかない。

雨がひどいときは壁にしみが浮き出てくる。安普請《やすぶしん》なので雨音もかなり響くし、湿った空気がいつまでも抜けていかない。

そして何よりお客様がいらっしゃらない。一人きりということもよくある。

しかし、私はそうしたことすべてが好ましかった。雨そのものが好ましいかどうかはさておき、雨がもたらす、そうしたさまざまなことが、いちいち心地よい。

雨漏りを受けとめるバケツの音が好ましい。誰もいないロビーに、ぽつり、しばらくしてまた、ぽつり、と響き、これに重ねてスクリーン上の声や音楽がくぐもって聞こえる。すべてが遠いような近いような奇妙な時間が流れ、頭の中がゆるゆると気持ち良くなってくる。

壁に浮き出るしみもきわめて芸術的である。神秘に触れた心地になる。館内が湿気のこもった空気に充たされるのも私は嫌いではない。

ところで、雨の日の「一人きり」の客とは、タモツさんのことだった。

「雨がなんだっていうんだ」と彼は息巻いてやってくる。「なぁ、犬」と、タモツさんは他に話しかける人がいないので、私の顔を両手で挟んで、「そうだろ?」と力説する。

「オレは、云っとくけど、基本的に雨が降っても決して傘なんてささない。そりゃまぁ、豪雨とかになれば話は別だけど、ちょっとした小雨だったら、むしろ、積極的に濡れながら歩きたい。奴らは知らねぇんだよ、ひ弱な連中はさ。雨に濡れる気持ち良さをね。お前は犬だから、よく知ってるだろう。あんなに気分が高揚するものはないよ。ああ、でもアレか、最近は犬もレインコートなんかを着たりして——嘆かわしいよ、まったく。犬は雪が降ったって、喜んで庭を駆け回る。そうだろ? 男はそうでなくちゃ。雨ごときでしおれてるのは腰抜け野郎だ。雨だから外出を控える? 馬鹿馬鹿しい。昔は雨が降ると映画館が満員になったもんだ。オレがガキの頃は、雨でも楽しめる娯楽が、唯一、映画だったんだよ」

そんなことを云いながら、タモツさんは二回ほど、くしゃみをした。もしかして、雨に濡れて風邪を引いてしまったのか――。

雨に濡れて体が冷えてしまうのはいいことではない。だけど、私はタモツさんの意見におおむね賛成である。私もかねがね、疑問に思っていた。レインコートを着た犬に。

何度も云って申し訳ないが、私はこう見えてタフな犬である。私が、というより、犬というものはもともとタフなのである。それが、いつからこんなことになってしまったのだろう――。

雨の町を散歩していると、出くわす犬が判で押したようにレインコートのようなものを着ている。着ていないのは私とテツ君くらいのものである。

テツ君というのは商店街の靴屋のおじさんに連れられている薄茶色の秋田犬で、体つきは私の倍くらいあるが、非常に控え目な性格で、散歩の際は道の端をまっすぐに歩く。

靴屋のおじさんはおばさんに先立たれて独り身になり、齢《よわい》十二歳のテツ君が伴侶のようにいつも寄り添っている。徹底して贅沢《ぜいたく》を慎む主義なのか、テツ君のみならず、おじさん自身もレインコートは身に着けない。タモツさんと同じで、小雨であれば、帽子を頭に載せるのみ。傘なんてものは、滅多にささない。

「いいか、犬」とタモツさんは云っていた。「お前は、あんなちゃらちゃらしたレインコートなんか着ないよな？　それでこそ男だ。男は雨に濡れるたび一人前になってゆくんだよ」

――どう思います？

私はテツ君の意見を訊いてみたかった。

犬というものは人間と違って言葉を交わすことがない。散歩中にすれ違うときは、道のあちらとこちら、それも大抵、それぞれに道の端を歩いている。至近距離で顔を合わせることがない。およそ、道一本分の距離を置き、（やあ）（元気かい）といった感じで目配せをする。

「要《い》らんでしょう」

テツ君ならそう云うのではないか。私は彼の意見に同意し、「男なら」とタモツさんを真似て力説してしまうかもしれない。結束を固めてしまうかもしれない。

「要らんですな、あんなものは、まったく」

ところが、この「男の結束」に乱れが生じたのである。発端はタモツさんが直さんに「犬っていうのは、何を食わせればいいんだ？」と訊《たず》ねたところから始まった。

「それは犬の種類にもよるんじゃないかな――どうしてそんなことを？」

「いや、黒柴なんだけどね」

タモツさんの口調にはいつもの威勢の良さが欠けていた。

「預かることになっちゃってさ。姉貴の犬なんだけど、盲腸で入院しちゃって——いや、犬じゃなくて、姉貴がね。で、しばらくオレが面倒見ることになったんだけど——いや、姉貴じゃなくて、犬の面倒をさ」

その三日後にタモツさんは連れてきたのである。映画館に。その黒柴犬を。

まだ大人ではない。人間で云えば、少女のような年頃の——いや、少女が大人になりかかったところだろうか。一見して大人しく、端整な顔立ちで、体は小さく、タモツさんはその小さな彼女を抱きかかえてロビーに立っていた。

「あら、かわいい」と真っ先に歓声をあげたのは初美さんだった。直さんも「へえ」などと、目尻を下げている。

「名前は?」と初美さんが訊くと、

「レイ」とタモツさんはわざとぶっきら棒に答えた。

いい名前だ。覚えやすい。「レイ」と片仮名で書いても様になる。漢字ならきっと「麗」だ。誰も間違えない。私のように「ジャンゴ」という正しい名前がありながら、「ゴン」

と呼ばれたり「アンゴ」と呼ばれたり「犬」と呼ばれたりするのと大違いである。大体、タモツさんは私のことを、「犬」以外の呼び名で呼んだことがない。それなのに、「レイはさ」「レイはね」と、これまた大いに目尻が下がっていた。

——その三日後のことである。

ふたたび、町に雨が降り、やはりお客様がまったくいらっしゃらず、直さんのうつむいた横顔がより深刻度を増していた。もとより深刻ではあったが、このところ、声まで聞こえるようになってきた——。

もちろん錯覚である。いくら、私の聴覚が優れているからといって、胸の内につぶやいた声までは聞こえない。が、直さんは鏡に向かって歯を磨いているときも、初美さんからいただいた焼きたてのパンを食べているときも、ロビーの掃き掃除をしているときでさえ、常に「もう、これ以上、つづけられない」とつぶやいていた。

私は先代のマスターの心の叫びもさんざん聞いている。先代は胸の内だけではなく、耳が痛くなるようなガラガラ声で「もう無理だ」「ちくしょう」「この野郎」と鏡に罵《ば》詈《り》雑言を浴びせていた。最初は「この野郎」が誰に向けられたものかわからなかったが、そのうち、

「お前は、もうここまでだ」

鏡に映る自分を指差すようになった。

最後の三日間は悪態をつく元気もなくなり、声を出さずに鏡の中の自分をただ見ていた。

それが三日つづき、そして四日目に峰岸さんは姿を消した。行き先も理由もわからず、置き手紙の一枚も残さずに消えてしまった。

直さんのうつむいた横顔はそのときから始まっている。

ロビーのバケツに、ぽつり、ぽつり、と雨だれが落ち、遠いような近いようなその音を聞いていると、昔のことが、ぽつり、ぽつり、と思い出された。雨が降ると昔の時間が戻ってくるような気がする。

「ああ、ちくしょう」とタモツさんの声が聞こえてきた。有難い。やはり、タモツさんは雨の日の「一人きり」だ。降ってはいるが豪雨というほどではないし、きっとタモツさんは雨に濡れながら〈月舟シネマ〉まで駆けてきた。私は声がする方に勇んで駆け寄ったのだが、入口にあらわれたタモツさんは、驚いたことにさしていた傘を閉じ、

「濡れちまったよ、ちくしょう」

そう云って、右手に黒柴の彼女を抱え持っていた。

彼女は目の覚めるような黄色いレインコートを着ていた。

＊

つくづく、人は変わるものである。

犬もまたしかり――であろうか。

私は急いで首を振った。

私には行ってみたいところが三つばかりあって、ひとつは銭湯、もうひとつは図書館、そして残るは喫茶店である。「カフェ」などと呼ばれている現代的な店もいいが、大里さんが好きな昔の日本映画に登場する銀座の純喫茶やフルーツ・パーラーが特に好ましい。

私はいまこそ、そうした喫茶店でテツ君と待ち合わせをして、ミルク珈琲をすすりながら、タモツさんの心変わりについて語り合いたい。

「どういう了見なんでしょうな」

「あんなに豪語していたのに」

「いやですな、ヒトというものは」

「簡単に志《こころざし》をひるがえして」

「しかし、犬はどうなんでしょう」

「私は変わりません」

「ですな。我々は断じてレインコートなど着ないですな」

——といった具合に、お互いの意志を確かめ合いたい。

が、そんな夢が叶うはずもない。致し方なく、直さんが夜食の時間に珈琲を飲むとき、そのこうばしい香りを鼻腔に充たすことで間に合わせている。

直さんの部屋も雨が降ると必ず雨漏りがする。部屋といっても、映画館の裏手に付け足されたボロ小屋で、元は古いフィルムを保管しておく物置きだった。夜の最後の上映が終わったあとは、この心もとない小さな部屋を中心に時間が流れる。

直さんは先代のマスターのもとでアルバイトをしていた頃は〈月舟アパートメント〉に部屋を借りていた。しかし、急遽《きゅうきょ》、マスターの代役をつとめることになり、それからは、なるべく無駄遣いをしないようにとアパートを引き払った。そして、映画館に住み込んだ。

最初は客席で眠ったり、ロビーに寝袋を持ち込んだりしていたが、初美さんの売店を増設するときに、ついでに裏の物置きを改築した。

以来、そのひと部屋が直さんと私のねぐらになった。部屋には寝台と小さなテーブルと椅子がふたつ。電気と水道は引いてあるが、ガスは引いていない。キャンプ用のコンロで湯をわかしたり目玉焼きをつくったりする。週に二度くらい十字路の食堂に行くが、直さんの食事は基本的に朝も夜もパンと目玉焼きとキャベツと珈琲である。

テーブルに皿と珈琲を並べ、私は向かい合わせの椅子に乗り上がって、直さんが食べたり飲んだりする様を観察する。それが夜の食事であれば、そのまま食卓は仕事机になり、珈琲を注《つ》ぎ足して飲みながら、直さんはリーフレットの作成に集中する。たまにラジオを聴くこともあるが、直さんは音楽というものをあまり聴かない。デ・ニーロの親方はラジオをよく聴いているが、親方はときどきレコード盤に針を落としてブラームスなどを聴く。

小屋の中は音楽もなく静かなので、風が吹けば風の音がして、雨が降れば雨の音がする。晴れていれば月の輝く音まで聞こえそうだ。いや、月は音など発しない。夜中にふと耳を全開にすると、小屋の薄い壁をとおして、町の音が聞こえてくる。

夜空をゆく飛行機の音。電車の音。銭湯の湯が下水管を流れてゆく音。酔って歌を歌いながら家路を辿るひと。猫の喧嘩。夜中に料理をするひと。夜中に洗濯ものを干すひと。虫の声。車の振動——。

私は目を閉じる。

目を閉じると、なぜ、音がより良く聞こえるのか。必ずそうなる。

「もしかして、お前もレインコートを着たいのかい」

突然、直さんの声が至近距離で飛び込んできた。驚いて目を開くと、直さんはめずらしく笑いをこらえるようにしてこちらを見ていた。

「そんな、しみじみとした顔をして——」

直さんは笑っていた。

「僕も欲しいなぁ、と云わんばかりじゃないか」

いいえ、いいえ。そうではありません。断じてそうではありません。

「たしかに、お前の小さな体には雨がこたえるのかもしれないね」

直さんは珈琲をすすり、くしゃみをしてハナをかんで、リーフレットに戻った。

いいえ、いいえ、と私は息を切らして訴えたが、たぶん、鼻息が荒くなっただけである。

「欲しいです、欲しいです」と興奮しているように見えたかもしれない。

嗚呼、失敗。

私は直さんが映画館を存続させるために、いかに切り詰めた生活をしているか、誰よりも知っている。すでに高価なネーム入りの首輪を誂えてもらい、これが予定外の出費になったことは間違いない。そのうえ、レインコートまで誂えてもらうなど、贅沢にもほどがある。

私だって協力したい。映画館の存続に。もし、私に貯金があったら、全額、〈月舟シネマ〉に寄付するだろう。

私は月の音が聞こえるようなこの夜の時間を失いたくない。ロビーに響く雨だれの音を失いたくない。もちろん、客席のいちばん後ろからこっそり映画を見物する楽しみを失いたくない。

＊

生きてきた時間がまだ少ない女性を少女と呼び、その少女が個人的主観を超えた大多数の目によって「美しい」と見なされたとき、その彼女にはもれなく「美少女」の称号が与えられる。これは、人の世も犬の世も同じで、つまり何を云いたいかと云うと、犬にも美少女が存在する。

そして、人一倍ならぬ犬一倍映画を鑑賞してきた経験から云わせていただくと、美少女というものはスクリーン上において、おおむねツンと澄ましている。あらかた生意気であり、もしくは高嶺の花であり、安易に大衆に身を委ねたりしない。だから、私には縁遠い存在で、仮に縁遠くないとしても、ツンと澄ましているのはどうもいただけない。現にタモツさんの腕の中におさまった黒柴レイは大いにツンとしていて、私のことなどまるで見向きもしなかった。

以来、私はいわゆる「物思いにふける」ことが多くなった。ぼんやりとしている時間が以前より長くなり、初美さんがおでこを押し当ててきても、前ほど尻尾を振らなくなった。食欲も減退したかもしれない。スクリーンを見上げてもストーリーを追うことが出来ず、男女が睦み合う場面では思わず目を伏せてしまう。明日の天気も頭に入らなかった。床にへたり込んでしまうこともしばしばである。

「元気がないな」と直さんに三度云われた。体に触れて「熱はないみたいだけど」と訝《いぶか》しげな顔をしている。そのうち、「どう、ゴンちゃんの様子は」と初美さんが頻繁に小屋にあらわれるようになった。椅子がふたつきりしかない部屋にである。

二人が小さな机を挟んで珈琲を飲んだり、初美さんがつくった餡《あん》パンの残りなどを食べていたりすると、スクリーンの中で睦み合っている恋人たちと何ら変わりなかった。私はそのたび、目を逸らし、窓の外の月を見上げてため息をつくと、「やっぱり元気がないねぇ」と云われてしまう。

「どうなるのかしら、わたしたち」

餡パンをかじりながら、初美さんが電灯の下の宙を見つめた。

「え？」と直さんが一拍遅れてかじっていた餡パンを皿の上に戻す。

「映画館――もし、つづけられなくなったら」

私は目を閉じた。二人のやりとりを見ていると何だかむずがゆい。少々、じれったくなってくる。映画ではないのだから、観客――というのは、この場合、私のことだが――を、やきもきさせる必要はない。

目を閉じたら入れかわりに雨が降っている音が立ち上がった。大した雨ではない。ともすれば、聞き逃してしまうような小雨である。

どうなるのだろう、と私も思う。

いっそ、タモツさんの云うとおり、映画館ではなく、初美さんのパン屋をメインにした方がいいのかもしれない。

そうだ、パン屋だけではなく、喫茶店を併設したらどうだろう。タモツさんは「オレも手伝う」と云っていたから、彼が喫茶店のマスターになればいい。ちょっと口うるさいだろうが、「オレの珈琲は誰にも負けねぇぜ」と、すぐにも云い出しそうだ。

そうなったら、ぜひ、犬の入店が可能な店にしたい。テツ君のような大きな犬も歓迎する。ついでに小さくてもいいので図書館を併設し、それが無理なら、親方の古本屋を移転すればいい。

そうしたら、皆がひとつ屋根の下に集まる。皆の顔がひとつの場所に揃う。

それは、なんと安心なことだろう。皆が一緒だったら、どんなに強い雨が降ってきても恐くない。いつでも笑っていられる。私も——犬だけれど——きっと、笑ってばかりだ。

私はそうして「笑う犬」になる。

なんて、いい考えだろう。

目を開くと、二人は餡パンを食べ終え、初美さんは机に頬杖をついたまま居眠りをしていた。

直さんは椅子にだらしなくもたれて、やはり居眠りをしている。

雨が少し強くなったのか、屋根を叩く音が目を閉じなくても聞こえてきた。

# 一人二役

日曜日——。

日曜日に雨が降ると、人は皆、つまらなそうな顔になる。

それでも雨は容赦なく降りつづける。町の人々は、「午後にはやむだろう」「明日にはやむかも」と挨拶のついでに云い交わしたが、雨は一度としてやむことがなかった。日、月、火、水、木、金、土と、それから七日間、休みなく降りつづけた。

雨というのはどうしようもないものである。

私はこの一週間、降りつづく雨の中で、人々がどうしようもなく右往左往している様を、ときに静観し、ときにやきもきしながら観察していた。

命に関わるような大雨ではなく、短い距離なら、傘をささずに手をかざしてやり過ごせる。その程度の雨である。

皆、無口だった。

私はこの一週間のあれやこれやを、直さんが愛用する小さなテレビ・モニターを通して見るようだった。雨だけが広く大きく、人々は小さな箱の中で小さな声を交わし、ときおり肩をすくめて空を見上げていた。


月曜日——。

〈月舟シネマ〉のプログラムが月曜日から入れ替わった。

昔の映画である。大里さんのアドバイスで、ときどき、昭和三十年代の邦画を上映してきた。今週は大里さんが特にお薦めだという『どっちもどっち』というタイトルの喜劇映画である。

奇《く》しくも私は、親方が口にした「どっちもどっち」という言葉が気になっていた。だから、タイトルだけで、楽しみだった。ただし、「お薦め」と云っておきながら、大里さんは一度もこの映画を観たことがないらしい。どうやら、自分が観たいのでリクエストしたようだ。

「いや、間違いなく面白いよ」「たぶんね」「おそらくは」「と思うよ」と大里さんは気弱になってゆき、「僕は少なくとも三回は観るし」と意気込んでいたのに、初日に姿を見せなかった。

一週間前の月曜日にフィルムが届き、さっそく直さんが試写をして、リーフレットに概要をしたためた。

「知られざる名優、風間一平が刑事と犯人の一人二役を演じるのが見どころ。追う者と追われる者の心理をセリフに頼らず、巧みな演技で見事に演じきっている」

いつもはストーリーのあらすじを書くところを、今回に限ってまるで書いていなかった。それで私も、どんな話なのかとさっそく朝の回を観たところ、月曜の朝であるにもかかわらず、お客様は一人もなく、ついに最後まで私だけだった。

月曜の朝は普段であれば、客がある程度はいる。平日としては集客率の高い時間帯である。なぜそうなるのか、以前、親方が分析していた。

「俺も若いときはよく観たもんだよ。月曜の朝の回をさ。学校をサボってね。特にその映画を観たかったわけじゃなく、ただ、サボりたくて映画館に逃げ込んでた。一週間で一番サボりたくなるのが休みの次の日の朝でさ、その感覚がいまでも残ってる。いまだに月曜の朝になると、サボって、どこか暗いところへ逃げ込みたくなる。ちょいと後ろめたい気分でね」

私にはそうした思いはわからないのだが、他に客がいないので、私のために上映しているようなものだった。そのことに私はいささか後ろめたい気分を味わい、自分なりにあらすじを考案しながら鑑賞してみた。

難しい映画である。

といって、難解な映画ではない。スクリーンの上で起きていることは、ほぼすべて理解できる。

ただ、追っている刑事と逃げている犯人が交互に描かれ、どちらも同じ役者が演じているので、そのうち、見分けがつかなくなってくる。

しかも、犯人がどんな罪を犯したのか最後まで明かされない。何か取り返しのつかないことをしてしまったのはわかる。刑事は刑事で、彼の背景はひとつも描かれない。家族や同僚や友人といったものも一切出てこない。

というより、この映画は、じつのところほとんどこの二人しか登場しない。着ているものも個性がなく、二人とも黒っぽい服で似たような革靴を履いている。靴の先がアスファルトを叩いて歩いたり走ったりする音もそっくり同じである。

追っているうちに、いつのまにか追われる身になっていた——そんな感じだった。ストーリーといったようなものもなく、それなのに、常に次の場面を追いたくなって最後まで観てしまった。そして、最後まで観ても不可解であることに変わりはなかった。

ラスト・シーンは逃げる男と追う男のそれぞれのシルエットを交互に見せ、入れ替わるテンポが次第に速くなって、どちらがどちらかわからなくなる。ストーリー自体が「一人二役」なのである。もしかして、二人は同じ人物であり、「追う者」も「追われる者」も同じであるという哲学的な表現なのだろうか。

火曜日——。

雨降りの先生が云っていた。

「ここのところ、締め切りに追われてばかりなんですが、それで、ひとつ発見したんです。締め切りに追われていると捉えるのではなく、締め切りを追いかけていると思えばいいんだと」

「それは言葉の綾《あや》だろうよ」と親方が首を振った。「起きていることは、どっちも同じじゃねぇのか?」

〈月舟アパートメント〉の屋根裏部屋で、親方は例によって、先生に頼まれた古本を右脇に、左脇には私を抱えていた。屋根裏にいると雨の音が地上より強く感じられる。空に近いほど雨の勢いは強いのか。それとも、距離が遠い方が雨粒の加速度が増して、より強く地面を叩くのか。

「言葉の綾でいいんです」

先生はどこか活き活きとしていた。このところ見受けられた気だるそうな眠気が消えている。あるいは、「雨降りの先生」と呼ばれるだけあって、雨が降りつづくと生気が漲《みなぎ》ってくるのかもしれない。いずれにしても先生は、このあいだより五、六歳は若く見えた。

「起きていることが同じでも、云い方を変えるだけで、まるで正反対に感じられます」

先生の目の中に窓からの淡い光が宿っていた。

「この何年か考えていたことが、この言葉をきっかけに結実しそうなんです。そのうえ、こうして雨が降りつづいているのも、まるで自分を励ましてくれているようで——」

「ほう」と親方が片方の眉を上げた。「てことは、長年の研究の結論が見えてきたわけだ」

「いえ、まだ見えたわけじゃないんです。それが見えるであろう丘の上に立った気分です」

「あともう少しじゃないか」

親方は私を床の上に放ち、それから「ええい、ちくしょう」と云いながら、先生が座っていたソファの隣に沈み込むように腰をおろした。「ええい、ちくしょう」は、親方がひと仕事終えたときの決まり文句である。

「きわめてシンプルなことだったんです」

先生は手を広げて説明を始めた。

「逆転すればよかったんです。これまでにも自分は、この結論に至るヒントを得てはいました。何度もかすっていたんです。たとえば、宇宙についてです。僕はこう考えました。宇宙とは夜である、と。つまり、夜というのは宇宙のことなんです」

「そうだっけ？」と親方は腕を組んで先生の顔を見返した。

「ええ。夜空というのは宇宙空間そのままで、あれがつまり平常な状態なんです。異様なのは昼間の方で、太陽の光によって宇宙が見えなくなっているわけです」

「なるほど」と親方は頷いた。「普通に考えると、昼の青空が当たり前で、暗い夜空は光のなくなった休み時間かと思っていたが――」

「逆なんです。夜こそが通常営業なんです。そこで、それと同じ要領で雨を解釈したらどうなるか――」

「同じ要領で？」

「この星は、もし、雨が降らなくなったら大変なことになります。雨が降るからこそ、あらゆることが成立しています。ということは、地球を地球たらしめているのは雨であって、雨が特異なのではなく、雨が降っているときこそが、この星のあるべき姿なんです。云うまでもなく、この星は水の星です。じつに七十パーセントが海です。だからこそ、地球は青いわけです」

「まぁ、それはそうだけど――」

私には初耳のことばかりだった。たしかこうした驚きを「目からウロコが落ちる」と云うのではなかったか。なぜ、ウロコが目の中にあるのかは謎だが、人の世はつくづく謎だらけである。地球のほとんどが水で出来ているなんて――。

「地球がいまの状態に落ち着くまでのあいだに、通説では、およそ数百年にわたって雨が降りつづいたと云われています。その結果、広大な海が出来ました」

数百年? まさか、そんなに長いあいだ?

「しかし、その雨はいつやんだのでしょう? なぜ、やんだのでしょう? というか、本当にやんだのでしょうか。時間のスケールを、より俯瞰《ふかん》して考えるなら、その雨はまだゆるやかに降りつづいている――そう仮定してもいいのではないでしょうか」

「ふうむ」と親方が組んでいた腕をほどいた。「考えるのは自由だからな。しかしそうなると、晴れっていうのが、むしろ異常なわけだな」

「ええ。昼間と同じです。それは、この星にとってめずらしい状態なんです。つまり、晴れた空が曇るのではなく、曇ったり雨が降ったりしている空が稀に晴れるんです。そう考えれば、昼間や晴れが、いかに貴重で有難いものかわかります。そして、雨降りこそが、この星にとって親しみのある本来の姿なんだと実感できるでしょう」

「ふうむ」とまた親方が腕を組んだ。「雨はどちらかと云うと、嫌われてるみたいだがな」

「僕の研究はまさにそこを覆《くつがえ》すのが目的なんです。いかにして、人は雨と仲良くなれるか。雨によって地球も人も生かされてきたのに、なぜ、雨を疎《うと》ましく思う感情が芽生えてきたのか。本来、雨は喜びだったはずです」

それはきっと人間だけではない。犬もまたしかりである。

いや、地球上のすべての生命に関わることかもしれない。たぶん、より原始に近い生命ほど、雨の喜びを記憶している。だから、私は先生の仮説が、おそらく人間よりもよくわかった。

雨が猛威をふるって生命を脅かす存在になりうることは知っている。それでもなぜか雨に心が騒ぐ。それはどうしてなのかと私なりにずっと考えてきた。もしかして、私はどこかおかしいのではないかとも思っていた。しかし、そうではない。

雨は地球の喜びだったのである。

水曜日――。

初美さんのお休みの日である。初美さんが休みとなると、タモツさんのような初美さんファンのお客様は映画館から足が遠のいてしまう。パンを目当てにしているお客様もいらっしゃらない。よって、直さんは水曜日になると朝から憂鬱そうな顔をしている。

私だけが、もしかすると初美さんが散歩に連れ出してくれるかもしれない――と浮き足立ち、しかし、雨でお客様が皆無となると、雨音ばかりが頭に響いて、ぼんやりうたた寝などしてしまいそうになる。

直さんはロビーに置いてあるリーフレットの角を揃えて置きなおしたり、ポスターの曲がりを正して貼りなおしたり、ポップコーンの機械を試運転してはじけさせ、難しい顔をして試食をすると、私にも何粒かわけてくれた。

そのとき、ロビーのドアが開き、

「お待たせしました」

声と一緒に雨の音がなだれ込んできた。初美さんが傘の水を切っている。

「すごい雨。いまがピークみたい」

しかし、直さんは私の顔をちらりと見るばかりで、初美さんの方を見ようとしなかった。

その感じに覚えがあった。直さんが私の首輪を誂えてくれたあの水曜日だ——。

私は、そのあとに起きることをなんとなく予感していた。

「小降りになったから、散歩に行こうか」

そう云って初美さんがおでこを押しつけてきたとき、予感は現実のものとなった。

私は躊躇《ちゅうちょ》した。いつもなら尻尾を振って応じるところを、足を踏ん張って拒絶した。

「どうしたの？」初美さんが顔を曇らせた。「いつものゴンちゃんじゃないみたい」

彼女が湿った掌を私のおでこに当てると雨の匂いがした。

私は「一人二役」の四文字を想っていた。私の場合は「一犬二役」ということになるだろうか。もちろん私は演じているわけではないのだが——それとも知らず知らずのうちに演じているのだろうか。「行きたくありません」と主張するあまり、これ見よがしなオーバー・アクションになっていたかもしれない。スクリーンの中でもよくある。あんなに大げさな演技をしなくても犬の私にも充分伝わるのに、なぜ、大きく手を振りまわしたり、声を荒らげたり、変に顔を歪めたりするのだろう?「わかってほしい」という思いの強いあらわれなのか。たしかに私も「行きたくない」と伝えたくて全身が強張《こわば》っていた。

ということは、スクリーンの中のあのひどい演技のように、私もまた振る舞っているのか。それは、はなはだ不本意である。滑稽である。哀れである。

致し方なく私は抵抗の姿勢を解き、尻尾を振って、初美さんに身を委ねた。

直さんがこちらを見ていた。初美さんと直さんは頷き合っている。そんな目配せなど必要ない。はっきり「ゴンちゃんにレインコートを買ってあげる」と云えばいい。そして、「どう?」と私の目を見て訊いて欲しい。私はすかさず目を伏せて尻尾を巻き込み、しっかり首を横に振るくらいのことは出来る——。

結果から云うと、私の予測どおり、初美さんは私を〈Footprint〉へ連れ出し、あらかじめ準備されていたと思しき、空色の犬用レインコートを、

「さぁ、試着してみようか」

と掲げてみせた。

あくまで試着だった。

鏡の中に空色のレインコートを着た自分が映っていて、見るなり、苦々しげなテツ君の顔が脳裏をよぎった。合わせる顔がない。私は大人の振る舞いとして試着に応じたのであるが、

「どう、ゴンちゃん? このまま着て帰る?」

という初美さんの問いには、いま一度「いやです」と頑なな態度を示した。

それでひとまずレインコートは私の体を離れ、丁寧に折り畳まれて袋に戻されると、初美さんが代金を払って——嗚呼、散財——私はとうとうレインコートを所持する犬になってしまった。

直さんに申し訳なかった。

「嬉しいですが、お気持ちだけいただいておきます」

云えるものならそう云いたかった。本当にそう思っている。レインコートなど私には過ぎた贅沢である。そもそも必要ない。雨は喜びなのだから。嬉しいことなのだから――。

まぁ、たしかに冬のいちばん寒いときなどは防寒のために着てもいいのかなと思わないでもない。雨粒が睫毛《まつげ》にたまって前方確認がままならないときは、フード的なものがあると便利なのかな、と思う日もある。

ちなみに、今回、私のものとなった空色のレインコートは、着脱可能な透明ビニール製のフード付きだった。前方確認のためには申し分のない仕様である。


木曜日――。

タモツさんが映画館に来てくれた。

月、火、水と、ほとんど観客なしの上映がつづき、おまけに大里さんが風邪を引いて寝込んでいるらしいと初美さんから報告があった。一同、打ちひしがれていたところへ、満を持してのタモツさんである。

ところが、タモツさんは初美さんの言葉を借りれば「別のタモツさん」のようだった。

傘もささず、雨に濡れながらあらわれたところはタモツさんらしい。しかし、それはつまり、黒柴レイの不在を意味していた。タモツさんは手ぶらで、黄色いレインコートをまとった彼女を抱えていない。

率直に云って、私は大変にがっかりした。自分が明白にがっかりしていることで、私は彼女と会えることを楽しみにしていたのだと初めて思い知った。

とはいえ、私の落胆などタモツさんのそれと比べれば何ほどのものでもない。直さんや初美さんが「いらっしゃいませ」と声をかけても、

「ああ、うん」

と、つぶやいただけで、いつもの「しょうがないから来てやったぜ」もなければ、「つまらない映画だったら、承知しないぞ」もなかった。誰が見てもそれとわかる大げさな演技のように、「落胆した男」になっている。

前回、映画館にあらわれたときの妙な明るさもまた別人のようではあったが、あの明るさを思い出せば、落胆の理由は聞くまでもない。

実際、タモツさんは説明しなかった。「どうしたの?」「何かあった?」という声には答えず、私に向かって、いつもより一オクターヴ低い声でつぶやいた。

「オレには務まらないそうだよ。うん。つまり、そういうことだ。オレには犬の一匹も飼えやしない。そう云いやがったんだ、あのクソ親父」

タモツさんの全身から雨がこぼれ落ちていた。私は眼前に迫ったタモツさんの頬を舌で舐めた。

「牛乳をやったのがマズかったんだよ。だけど、お前はどうだ? 牛乳くらい飲むだろう? レイはたまたま腹の調子がイマイチだった。食べたものをすっかり戻して、それを親父に見られた。姉貴の入院でこっちへ来てたんだよ。滅多に顔を見せないくせに、あの親父。いや、オレが親父をおっかないと思ってたのはガキのときだから。いまは何ともない。ちっとも恐くなんかない。ただ、威圧的なんだよ、あの親父は。正論をぶつけてくる。有無を云わせない。お前は仕事が忙しいんだから犬の面倒なんか見れんだろう。安請け合いしなさんな。犬だって生きものなんだ。放っておいたら可哀想だ——とか云って、レイを横浜の実家に連れ去りやがった。まぁ、ズボシだよ。たしかにコンビニで働いているあいだはアパートの部屋に閉じ込めておくしかない。ストレスもあったろうね。だから、親父の云うとおり。レイのためを思ったらね」

私はもう一度、タモツさんの頬を舐めた。

人は誰もが「一人二役」である。威勢のいいときもあれば、しおれているときもある。何かに追われているときもあれば、追いかけているときもある。

ひとつの役どころを演じるだけでは収まらない。

金曜日——。

雨はいよいよ激しさを増していた。そして、いよいよお客様はいらっしゃらない。だから、私がロビーに人影を認めて耳をそばだてたとき、すぐに直さんも初美さんも人影に気付いて、そちらを見た。人影にしてみれば、ロビーに足を踏み入れた途端、男と女と犬による六つの視線をいきなり浴びせられたことになる。

人影は濡れたこうもり傘を手に、一瞬身をすくめてこう云った。

「すみません、私、こういうものでして——」

コートの内ポケットから警察手帳を取り出し、取り出しながら直さんの名前を挙げて、

「あなたですね」と暗がりから目を光らせた。

「ええ、そうですが——」

そのとき、開いたドアから雨の音が流れ込んできて、見ると、タモツさんが「ごめん、ごめん」と云いながら館内に入ってきた。さすがに雨が強いので傘をさしてきたのか、昨日と違ってあっさりした顔をしている。

「昨日はホントにすまなかった。オレとしたことが取り乱したりして。なんだか、映画の内容も頭に入らなかったからさ、出なおしてもう一回、観に来てやった」

いつもの調子に戻っていた。が、さすがにロビーに漂う妙な空気に気付いたらしい。直さんと向き合った刑事さんを指差して、「こちらさんは?」と直さんに訊いた。

「刑事さんみたいですよ」

そこへまたロビーのドアが開いて、雨が強く吹き込んできた。

「すみません、遅れました」

聞き慣れた心地よい女性の声がロビーに染み渡り、一同がそちらに視線を集めると、十に増えた視線に囲まれていたのは、十字路の食堂のサエコさんだった。

映画の一場面のようである。さしずめ、役者は揃ったというところか。

「すみません、じつは、直さんに証言をお願いしたくて――」

サエコさんが、緊迫したその場面を解説してくれた。

「先週、食堂に来てくださったとき、直さんも御覧になってましたよね？　果物屋の弟さんが怪しげな男に――たしかオイズミという名前でしたが、あの男に騙されかかっていたのを。わたしあのとき、なんだか恐くて、ちょうど雨が降ってきたことですし、直さんに食堂に残っていただこうとお引きとめしたんです――」

私は色眼鏡で見ていた自分の浅はかさに恥じ入りたくなった。てっきり、サエコさんは直さんに恋愛感情を抱いているのかと思い込んでいた。しかし、もっと驚いたのは、

「何のことです？」

と、直さんが答えたことである。

「たしかに食堂へ行きましたけど、どうも考えごとをしていたのか、よく覚えてなくて――」

「困りましたね」と刑事さんが腕を組んだ。「しかしまぁ、おおむね食堂のお嬢さんのおっしゃるとおりなんでしょう。オイズミという男は常習犯でして、以前から食堂でカモを物色していたんです。じつは、私も変装などしまして奴の様子をうかがっていたんですが、それにしても、あの食堂のクロケットは絶品ですね」

私には覚えがあった。匂いまでは変装できない。ただ、変装していたとはいえ、食堂の

隅の席に身をひそめていたときの刑事さんは、もっと目つきが悪かった。見事に二役をこなしていたわけである。

「通報をいただいて、こいつは捕り物《とりもの》のチャンス到来かと思いましてね――」

打って変わった柔和な目で一同を見渡した。

「オレに出来ることがあったら、なんでも云ってよ」

タモツさんが真っ先に手を挙げた。ただし、タモツさんは刑事さんに応えているのではなく、サエコさんの気を引くように自分の胸を叩いた。黒柴レイを抱えていたときと同じ顔である。

人生というのは一人二役の連続なのかもしれないが、周囲の状況によって、こうも目の色が変わる人もめずらしい。

そして、土曜日がきた。

依然として雨はあがらず、そのやまない雨が皆の思いをひとつにしたのかもしれない。

「面白そうだな、それ」

食堂を舞台にした捕り物劇のエキストラを誰もが辞さなかった。直さんと初美さんとタモツさんと、そして私も。

刑事さんは「面が割れているので」と食堂の厨房に控え、雨のせいなのか、食堂は空いており、直さんと初美さんがひとつのテーブルを挟んで、タモツさんは厨房寄りのテーブルでスープをすすっていた。

「オレはサエコさんのファンで通い詰めてる常連客という設定ね」

誰も訊いていないのに勝手にニヤついていた。

しかし、そうして位置についたものの、その夜の食堂に弟さんが必ず来るとは限らない。ただ、もし来るとすれば、オイズミなるあのペテン師が偶然を装って弟さんの後からやってくるはずである——刑事さんはそう予測していた。オイズミは弟さんの行動を監視しているはずで、これまでの手口はいずれもそうだったらしい。

我々は何も知らないふりをしていたが、弟さんが店の権利証に加えて現金の在処《ありか》を口にしたときは、一斉に立ち上がって、オイズミを取り押さえるという作戦を立てていた。

ほどなくして、刑事さんの予測どおりに事が運びつつあった。

位置について三十分と経たぬうちに、弟さんが「今晩は」と食堂にあらわれた。五分後には、あのときのあの男――オイズミが食堂の入口で傘をわしづかみにし、赤く血走ったぎょろりとした目でこちらを覗き込んでいるのが見えた。

雨の音が強くなったのは錯覚だったろうか。

オイズミは弟さんのテーブルに「やぁ」と近づいてきて差し向かいに座り、弟さんはといえば、まるで無防備に笑顔を返した。

「例のあれは、オイズミさんの云うとおりにしておきました」

「そうですか、じゃあさっそく暗証番号を警備会社に登録しておきます」

我々はすべての意識を耳に集中していた。だから、食堂の戸が開いた音が、重たい鉄の扉を開けたときのように私の耳には聞こえた。

皆がそちらを見た。

白い暖簾が雨に打たれながらはためき、その下をくぐり抜けて、まるで、水の中から上がってきたように、一人の男がずぶ濡れで立っていた。

果物屋の兄だった。

# クロスワード・パズル

食堂の一等大きなテーブルに果物屋の兄と弟が並んで座っていた。

兄は雨に濡れた前髪をかき上げ、弟は「気付いていたんです」と、二人を取り囲んだ皆を見渡した。

「そうなの？」とサエコさんが弟さんに訊くと、

「いくら、僕がぼんやりしていると云っても」——彼にしてはめずらしく不服そうに口をとがらせた。「金庫は別の場所に隠していましたし、万が一に備えて、おもちゃのピストルを懐《ふところ》に忍ばせていました」

弟さんはジャンパーのポケットに手を入れると、いかにも重たげな拳銃を取り出した。

「おもちゃですよ」と念を押したのに、皆、一斉にのけぞって、テーブルから一メートルほど離れた。

もし、刑事さんが食堂に居残っていたら、「なんだ、それは」と血相を変えて、弟さんの手からピストルを取り上げていたかもしれない。が、すでに刑事さんは腰を抜かしたオイズミを連行していたので、幸か不幸かその場面には居合わせなかった。

すべては、私が好ましく思うB級アクション映画のように展開していた。

まずもって、果物屋の兄が雨をしたたらせながら食堂に入ってきたとき、客全員の口と手の動きが止まって、雨の吹き込む音だけがスポットライトを浴びたように際立った。固唾《かたず》を呑んで見守っていると、突然けたたましい音が響き、音のした方に目を向けると、オイズミが椅子に絡まりながら倒れ込んでいた。

さすがのB級映画であっても、そこまで大げさな演技はNGになる。オイズミは倒れ込んだまま弟さんを見上げ、それから、雨をしたたらせた兄と見比べて「二人いる」と目を血走らせた。

私は初めて知ったのだが、「腰を抜かす」というのは決して比喩的な表現ではないのだった。実際に腰を支えている何かが抜け落ちてしまうらしい。オイズミは椅子に絡まったまま立ち上がれず、ここぞとばかりに刑事さんが躍り出てきて、椅子ごとオイズミを縛り上げた。

果物屋の兄は何が起きているのかわからないまま食堂の入口に立ち尽くし、したたり落ちた雨粒が足もとへ水たまりになって黒く広がっていった。

彼の背後からは雨に濡れた男たちがなだれ込んできて、大変な勢いでオイズミを椅子ごと運び出すと、食堂のあるじが「あ、椅子」と男たちの背中にかけた声がむなしく響いた。

急に静まり返った。

十秒ほどのおかしな間が挟まれ、それから、ようやく正常な時間が戻ってくると、

「お帰り」

「いいところに帰ってきたね」

皆が兄を取り囲んで歓迎した。

「いいところって何のことです？」

兄は事情が呑み込めないまま誰かに手を引かれ、弟さんの隣の席に座らされて、そっくり瓜ふたつの顔が並んでいるのを、一同、初めて目にしていた。

「本当だ」「そっくりだ」「本当に二人いる」

口々にそう云った。

「とにかく、みんな御苦労様」とあるじがねぎらうと、

「俺たちは何もしてないけど」

タモツさんが、いかにもつまらなそうにコップの水をあおった。「せっかく活躍しようと思ってたのに、全部、この兄弟に持っていかれたよ」

人間とはつくづくおかしなものである。どんな些細なことであっても、こうした事件のようなものが起きないことには、自分を主張できない。

たとえば、件《くだん》のB級映画においては、脇役とばかり思っていた人物が、突然、主役のように立ち振る舞うことがある。タモツさんも、おそらくこの機会に皆の前で——より正確に云えば、サエコさんや初美さんの前で——いわゆる「いいところ」を見せてやろうと狙っていたのだった。

「面白くねぇな、まったく」

タモツさんは、映画館の帰りがけにぼやくセリフを口にして横を向いた。

一方、果物屋の兄は、あるじの用意した湯気の立つタオルで濡れた顔を隈なく拭って云った。

「ああ、生き返りました」

目が輝いていた。不思議なことに兄の目が活き活きしだすと弟さんの目にも光が宿り、口調もまったく兄そのものになった。

「じつを云いますと、あとから入ってきた私服の警察官は僕が呼んだんです。気付いていたんですよ、僕」

そう云いながら、ふざけておもちゃのピストルを構えた。

「じゃあ、オレたちはただのエキストラかよ」

タモツさんはどこまでも不満そうだった。「ただの」も何も、当事者ではないのだし、我々はハナからエキストラである。

「となると、騙されていたのは弟さんじゃなくて、わたしたちの方だったわけね」

初美さんが簡潔にまとめると、一同、「そうか」「そういうことだったのか」と苦笑しながら頷き合った。

「心配して損しちゃった」

サエコさんにも通常営業の笑顔が戻ってきた。

どうもそういうことらしいが、そうは云っても、弟さんはどう見てもオイズミの口車に乗せられているように見えた。あれはつまり名演であったということなのか――。

映画にもときどきこんなことがある。結末まで観たら、じつは、あの朴訥《ぼくとつ》な受け答えがすべて演技であったというオチである。

私もまた騙されていた。まるで『どっちもどっち』みたいに。追われていた者が追う者に入れ替わって、騙されているのかと思っていた人が、じつは、皆を欺《あざむ》いていた。

「でもね」

サエコさんが一旦戻った笑顔をふたたび曇らせた。

「あのとき弟さんは、あの男に次々と心の中を云い当てられて、どうしてそんなことがわかるんですか、と驚いていました。あれはどうなんでしょう？　どうして、あのオイズミという男は、弟さんが果物屋の留守番に不満を抱いていると見抜いたんでしょう」

たしかにそうである。あのとき弟さんは「ズボシです」と云っていた。

「不満なんだ？」

兄が、突然、話に割り込んできた。

「だとしたら、申し訳ないことをしてしまったなぁ」

「いや、不満なんかじゃなくて」——弟は急いでかぶりを振った。「僕は兄の代わりに店番をしているのが幸せでした。だから、云い当てたと思い込んでいるのは見当外れだし、すべてはあの男の口から出まかせです」

私はあのとき「純真とはつまり世間知らずのことに他ならない」と知ったようなことをつぶやいたが、こうなってみると、事の成り行きを純真に捉えていたのは、私とサエコさんの方であった。

「なんであれ、皆さんには御迷惑をおかけしました」

弟さんがピストルを手にしたまま詫びると、兄もまた、

「事情はよくわかりませんが」

と角度まで揃えて二人で頭を下げた。

「予告編に使えそうなシーンだな」

タモツさんがそう云ったが、「予告編」というのはもちろん映画のそれであろう。

私は目を閉じてその映画を夢想した。

果物屋の兄と弟が主演で、我々がエキストラで脇をかためている。タイトルは『一人二役』。ずぶ濡れになった兄とピストルを構えた弟が食堂のテーブルに並んで座る場面が予告編に使われる。なんだか面白そうだ。大体、予告編というのは、どうしてあんなに面白いのか。

たぶん、想像力が刺激されるからである。

フィルムの断片――物語の一コマだけを観ることで、その前後を勝手に推測している。実際に映画を観ると予測はあらかた外れているのだけれど、それはそれでまた楽しい。

結局のところ、完全なものなど、どこにも存在しない。「本編」などと云っても、すべてが描かれるわけではない。現実の世界でも同じである。世界のあらゆる事象に通じている者はいない。むしろ、知らないことばかりである。

そう考えれば、人生もドッグ・ライフも、これすべて予告編のようなものだった。

「こう見えて、俺も昔はよく映画を観たもんだよ」

いつだったか、親方がそう云っていた。

「そうなんですか?」

直さんが眉を上げて確かめた。なにしろ、親方が映画館にあらわれるのは私を連れ去るときだけで、上映作品のポスターにも、ほとんど目をくれない。

「洋画と邦画のどちらが好きなんです?」

直さんが単刀直入に訊くと、

「予告編」

親方はあらかじめ準備していたように答えた。

「なぁ、青年。お前さんもせいぜい踏ん張って、俺の歳まで生きてみることだよ。そうすりゃあ、思いもよらないことがアレコレわかる。そのうちのひとつが予告編だ。な？　予告編こそ最高。予告編こそが人生。人生は予告編だ。本編なんてものは決してやってこない。それでいいのよ。余計な期待をしない方が。ちょいと垣間《かいま》見る。ちょいとつまんでみる。その方がどういうわけか旨い。いや、旨いっていうのはアレだ、デパートの食料品売場でつまむ試食な。あれはどうしてあんなに旨いんだ？　こいつはもう七不思議のひとつだな。試食ではあんなに旨かったのに、買って帰って家で食うと何か違う。同じもんなのに。だからこれはやっぱり、ちょいとつまむから旨いって結論になった。完全じゃない方がいいんだよ。で、これと似たようなことがもうひとつある。クロスワード・パズルだ。まさな？　あれも俺が長年愛好してきたものだけど、これまた不完全な言葉の集まりだ。まさしく俺の人生そのもの。俺の人生は『とは何ぞや』の連続で、予告編とは何ぞや、試食とは何ぞや、パズルとは何ぞや。一生、この調子だ。そいつがどんなものなのか、少しはわかっちゃいるが、尻尾の先まで知り尽くしているわけじゃない。ほんの二、三文字を手がかりにして、言葉の全体を洗い出す。しかも、タテのカギとヨコのカギがしっかり組み合わされないことには正解は見つからない。な？　人生にそっくりだろ？」

＊

そうこうしているうちに、ようやく雨があがった。

雨降りの先生の説に従い、私は晴天を大変に有難く思う。なにしろ、レインコートを着なくても済む。食堂の捕り物劇に出向くときも、初美さんが、

「ゴンちゃん、雨がひどいからレインコートを着ましょう」

と、再三、促してきた。私としては、テツ君との暗黙の約束もあり、どうも気が進まなくて、なによりまだ答えが出ていなかった。

はたして犬たるものが、レインコートなど着てよいのか――。

捕り物劇の夜は断固として逃げまわることで主張を通し、

「しょうがないなぁ、まったく」

と初美さんをあきらめさせることに成功した。しかし、雨がつづくとなると、いずれこ

ちらも根負けして着ることになるのではないかと、少々、憂鬱だった。だから、晴れてよかった。

晴れたので、直さんとの夜の散歩も再開され、その際に果物屋に立ち寄ると、以前のように、「兄」が店先の椅子に座って古びた本を読んでいた。

「弟さんはどうしました？」と直さんが訊くと、

「彼は旅に出ました」

と兄は本から顔をあげて、頭上からぶらさがった電球を眩《まぶ》しげに眺めた。

はたして、本当にこの人は兄なのか。じつのところ、弟さんではないのか。どちらであっても、我々にはさしたる影響はないが、あるいはこの兄弟は、これまでにも何度か入れ替わっていたのかもしれない。

「ああいうことがあったので――」

兄なのか弟なのかはっきりしない果物屋さんは、肘《ひじ》に穴のあいた上着のポケットへ手を差し入れた。もしや、またピストルが出てくるのかと直さんが目を見張ると、呑気な様子で彼はハナ紙を取り出した。

「風邪を引いてしまったかもしれません」

そして、ハナをかみながら、「旅はどうだったんです？」という直さんの問いに、「いろんな発見がありました」と姿勢を正した。「でも、まだ答えは出ません」

私と同じだった。まだ答えは出ていない。

おそらく、直さんも答えが出ないから夜の散歩をするのだし、親方にしても、なるべく答えに近づきたくて、クロスワード・パズルを解きつづけている。

そういえば、雨降りの先生はかなり答えに近づいているようだった。

みんな、答えを求めている。どうしてだろう。

それはやはり、わからないからである。わからないことが、日々、増えてゆくからである。

私はなぜここにこうしているのか。私はなぜ犬なのか。私はなぜ——、

「どうして、ジャンゴという名前なんです？」

果物屋さんが私の顔をしげしげと眺めた。

とはいえ、もちろん私に答えを訊いているのではなく、直さんに訊いている。

でも、私だって自分の名前の由来くらいは知っている。

その昔、ジャンゴ・ラインハルトという天才ギタリストがいましてね——。

「神様だからです」

直さんが唐突にそう答えた。

「神様?」

「ええ。ジャンゴ・ラインハルトは僕の神様でした」

いつもと違う答えを口にしたので私は大変驚いた。

「神様」なんて初めて聞いた。

私が思う神様は、たぶん空の上にいて、少しばかり耳が遠い。しかし、直さんの神様はギタリストだったとは。

思い当たることがひとつあった。

もし、直さんが「神様」と云わなければ結びつかなかった。でも、クロスワード・パズルのようにタテの答えがわかったことで、思わぬヨコの答えが見えてきた。予告編のちょっとした場面から、前後の場面を想像するみたいに——。

＊

それは、果物屋さんに「では、また」と告げて商店街に戻り、いつものように坂の下のいちばん外れにある〈坂上質屋〉——坂の下にあるが〈坂上〉なのである——の前に辿り着いたときに繰り返された。

私は質屋というのがどういうところなのか、なんとなく知っている。商品を売る店ではない。お金がなくなってしまった人のために、お金を貸してくれる店である。

その代わり、何かしら高額な商品を預けなくてはならない。もし、お金が出来たら、貸りた金額に利子を乗せて返却する。そうすれば、預けた商品は戻ってくるが、期限までに返せないときは、商品に値札が付けられてショウ・ウインドウに並べられる。

ショウ・ウインドウにはいつも水族館の水槽のようにぼんやりとあかりが灯っていた。

それが夜の散歩の目印になっているのか、直さんは店の前で立ちどまってウインドウの中を覗き込む。時間にして五分くらい。儀式のように五分を過ごし、くるりと踵《きびす》を返して来た道を戻る。

散歩の最果てにして折り返し地点である。私もそこで腰を落として息をつき、晴れていれば月を見上げる。もしくは、直さんが何をしているのか観察する。

直さんは、大抵いつもショウ・ウインドウに飾られているギターを見ていた。ギターは売れ残ったまままいつもそこにあって、私はそちら方面にうといので、ギターの種類やメーカーや型番はわからない。大変に古いものであることはわかる。骨董の部類に属しているかもしれない。驚くような値段が付いていて、犬には一生、縁のない額である。おそらく、直さんにとっても——。

しかし、散歩のたびに必ず見入っていることから察すると、直さんはあのギターを自分のものにしたいのだろう。「神様」と云ったときの直さんの表情を見て、ギターが直さんにとって特別なものであると確信された。

でなければ、いい大人がショウ・ウインドウに白くあとが残るほど鼻を押しつけたりしない。

思えば、直さんはある日突然〈月舟シネマ〉を背負わされた。それまではロビーの隅のポップコーン・マシーンを操るアルバイトの青年だった。ただ、直さんはとても熱心に美味しいポップコーンをつくるよう心がけていた。稀に見る映画好きだった。

峰岸さんが云っていた。

「いずれ、君に任せたい。君のような映画を愛する若者につづけてほしい」

いまから思うと遺言のようだった。

一方、直さんが峰岸さんをどう見ていたかはわからない。単なる人のいい太った雇い主と見ていたか、それとも、同じ映画好きとして少なからぬ尊敬の念を抱いていたか——。たぶん、後者に傾いていた。だから直さんは、「いずれ帰ってくるだろう」と信じ、「それまで存続させなくては」とつぶやいてきた。

が、こうした事態になる以前は、もっと別の自分を夢見ていたに違いない。それが何なのか、どんな仕事、どんな職業なのか、私はこれまでなかなか云い当てられなかった。でも、果物屋さんの何気ない質問のおかげで、

(そうか、ギター弾きになりたかったのか)

と、ようやくパズルの答えが見えてきた。

ところで、ジャンゴ・ラインハルトがどんな演奏をしたのか私は知らない。直さんが「神様」と呼んでいるのだから、きっと、部屋を探しまわれば、CDの一枚くらい隠してあるのだろう。

しかし、それはあくまで隠してあるのだ。私は部屋の隅々まで鼻をきかせて自分なりの見取り図を頭の中につくってある。CDがしまってある棚は一ヵ所しかなく、そこに並んでいる題名と演奏者の名前は暗誦《あんしょう》できるほど熟知している。そこにジャンゴの名はない。たぶん、直さんは自分から遠ざけるために隠してしまったのである。

そうした行為をたしか「封印」というのではなかったか。

それにしても、ギター弾きとはまたなんといかした職業だろう。私の知識の源は親方の言動と映画によるものだが、残念ながら、ギター弾きに関する情報はきわめて少ない。

唯一、これまでに観た映画の中に、ギター弾きを主人公にしたものがあった。ただし、主人公は女性で、その名をマヤといった。彼女の名前がそのまま映画のタイトルにもなっていて、以来、私にとってギター弾きと云えばマヤである。

〈月舟シネマ〉で上映したのは半年ほど前のことか。いつものように直さんがリーフレットに載せるあらすじと宣伝文句を考案した。

「ギター弾きのマヤが奏でる六本の麗しい魔法。低音から高音まで、それぞれの弦に宿る記憶が歌いだす。夢のような音色が共鳴する六つの小さな物語――」

この短い文章の中に、ギター弾きに対する直さんの憧れがこめられているように思う。

実際の映画は「オムニバス形式」というのだろうか、短い六つのエピソードが、いずれも主人公マヤの柔らかいナレーションで語られてゆく。ギターに張られた六本の弦それぞれに人格があるという話で、それぞれの人格が、弾き手である主人公に乗り移り、彼女はギターを弾くたび、六人の人物になり代わって、六つの人生を生きてゆく。一人二役どころではなかった。

彼女は云う。

「ギターを弾くということは、六人の個性的な人物が、ときに調和し、ときにぶつかり合ってドラマをつくり上げてゆくことです。六人は異なる人格を持っています。同時に、六人とも弾き手である自分の分身です。六人を鳴らすのは、このわたしなのですから」

私は犬であるがゆえ、聴き手になることは出来ても、弾き手にはなれない。だから、「弾く」ということがどういうものなのか想像に頼るしかなかった。しかし、『マヤ』というその映画を観たことで――六人の人物に配された物語をそれぞれの音楽と共に見聞したことで、初めて「弾く」ことを自分の経験として得ることが出来た。

こうして、直さんとギターをめぐるクロスワード・パズルの空欄が埋まってくると、そこにギターを抱えた直さんの姿が浮かんでくる。

パズルを解いたのは私だけではなかった。

「このあいだのジャンゴのことですけど——」

夜の散歩の途中で果物屋の彼に呼びとめられた。

彼は裸電球の下で本をひらき、通りかかった直さんに気付くと、

「弾かないんですか？」

いきなり核心に触れてきた。

それは私が直さんに訊いてみたい質問でもあった。多くの時間を共有している私でさえ、直さんがギターを弾くのか、弾けるのか、弾けないのか、何の手がかりも見つけられない。少なくとも、映画館にギターの存在は影も形もなかった。

「——いまはもう」

直さんはかすれた声でそう答えた。ということは、かつて、弾いていたことがあったのだろうか。

ショウ・ウインドウを覗く姿が思い出される。

「弾いてくださいよ」

果物屋さんの声が月下の路地に響いた。

「ギターはここにあります」

その言葉に直さんは振り向いて、店先に目を凝らすと、電球の寿命が近づいてきたのか、不安定な光が一段とあたりを暗く沈ませていた。店先にはいつものようにオレンジが積み上がり、途切れがちな電球の光を反射している。

「これは弟のギターです」

兄の頬も途切れ途切れの光を受け、まるで彼自身が点《つ》いたり消えたりしているみたいに見えた。

彼の話によれば、弟さんは聴くに堪えないほどギターが下手で、しかし、弟さんにその自覚はなく、周囲が耳を塞いで抗議をしても、よもや、自分の弾くギターが迷惑がられているとは思いもよらないらしい。兄が留守のあいだは店番をしながら愛用のギターを爪弾《つまび》くこともあったようだが、知らなくて幸いだったかもしれない。

「旅に持ってゆくのは足手まといだから」と、そのまま果物屋に置いてけぼりになった。

そんなギターである。

いや、ギターには何の罪もない。演奏の良し悪しは奏者の腕しだいである。それにしても、兄が差し出したギターはあまりにも傷だらけで、塗装は剝《は》げ落ち、金具は錆《さ》びついて、弦が六本揃っているのが奇跡のような代物だった。

商店街のその一角は夜が深まるとあらかたの店がシャッターをおろしてしまう。人影も見られない。私は人々の賑《にぎ》わいが夜の静寂に入れ替わるその時間を非常に好ましく思う。まだどこかに人々の気配は残されているが、体毛の一本一本にまで夜は浸透し始めている。

路面電車の踏切の音が遠く聞こえた。鳥たちは寝静まり、羽虫は街灯に集い、電信柱から電信柱へと誰にも知られず電線をつたって電気が流れてゆく。その電流が果物屋の店先にぶらさがった裸電球のガラス玉の中を通過し、寿命の終わりが迫った電球は、息も絶え絶えに最後の一瞬まで光を発しつづける。

果物屋の彼が差し出したぼろギターを受け取る直さんの影が、向かいの店のシャッターに影絵のように動いた。

「うまく弾けるかな」

ほとんど声にならない直さんのつぶやきがこちらの耳に届き、直さんはギターを構えると、六本の弦を上から順に鳴らして音を調整した。
それだけでもう、胸の真ん中にある何かが震え出した。

# ギターと試食

そして、ふたつのものがひとつになった。

これは、直さんのギター演奏を聴いた私の印象であって、かたちあるものが目に見えてひとつになったわけではない。ただ、明滅を繰り返す瀕死《ひんし》の六十ワット電球が向かいの店のシャッターに直さんと果物屋さんの影を映し、影はときおり重なって、ひとつになったりふたつになったりした。

私はどうしてか、そうしたことすべてがもどかしく、体中がむずむずして、何か大切なことがすぐそこまで迫っているのを感じていた。それはとても接近していた。

でも、ここまでは来ない。もうすぐなのに——。

私はもどかしさのあまり足踏みをしていた。右前足、左前足、右後ろ足、左後ろ足の順で。

これまでにも私は映画館の暗闇の中で、さまざまな胸を打つ音楽を聴いてきた。そのたびにざわざわと総毛立つような感覚に襲われた。でも、もどかしさのあまり、足踏みをしてしまうのは初めてである。そのくらい、直さんの弾いたギターは——ごく短かったのだけれど——私の気持ちを大きく揺さぶった。

果物屋さんも同じだったようで、彼は直さんが弾き始めて十秒と経たぬうちに身を乗り出した。目がビー玉のように光っていた。その音を聴くことは月の光を浴びることに似ていて、胸の奥深くまで入りこんできて、私はかすかに声を漏らした。

しかし、直さんは一曲を弾き終わることなく指を止め、ギターの表面をひと撫ですると、「きりがないから」と果物屋さんにギターを返した。音がなくなると、それまで空気の中に漂っていたきらびやかなものが消え、余韻だけが、耳の中ではなく、空気の中に残っていた。

「旅に出て思い知ったのですが——」

果物屋さんの声が余韻の中で漫画のフキダシのように漂い浮かんだ。

「僕は自分のテリトリーというものを確認したくて旅に出たんです。どこまでが自分の領域で、どこからが自分の知らないところなのかと」

果物屋さんの話は唐突に聞こえた。しかし、直さんは、

「わかります。僕は他所からこの町へ来た者ですから――」

指先を一本一本点検しながら頷いた。ひさしぶりにギターを弾いて、指がどうかしたらしい。

「旅に出る前の予測では、この店を中心とした半径二キロ圏内くらいが、自分の場所と云える範囲ではないかと見当をつけていました」

果物屋さんは、直さんから受け取ったギターを店の隅の壁に立てかけた。

「僕は以前から、〈ここ〉というものを探求してきました。それでとりあえず思い至ったのは、〈ここ〉というのは、自分というものがいなかったら成立しないということです。ここも、そこも、近くも、遠くも。どれも、自分の存在あってのものです」

「ということは――」

「ええ、ということは、〈ここ〉は自分しだいで変化していくわけです。旅に出て移動すれば、常に、いまいるところが〈ここ〉になります」

「でも、旅に出たら自分の帰るところに気付きませんか」

「ええ、旅に出た当初はそう思いました。やはり自分の中心は果物屋の店先で、自分の帰

ところはここなんだと。でも、それもまた移ろってゆくんです」

「というと?」

「僕がここでこうして果物屋をひらいているのは、いまのところのかりそめです。あるいは、一生ここで暮らしてゆくことになるかもしれません。でも、もし明日、この町を離れて別の土地で店をひらいたら、すぐにそこが自分の店になります。そこが自分の場所になります。そう思うと、〈ここ〉を規定することは不可能で、〈ここ〉が定まらなければ他所も定まりません。逆に云うと、自分が移動すればするほど、自分の〈ここ〉が増えてゆきます。僕はそれが妙に嬉しくて、それでなかなか帰ってこられなかったんです」

「でも、帰ってきました」

「ええ。でも、帰ってきました。そしていま、直さんのギターを聴いて、ひとつわかりました。よく知っているはずの〈ここ〉も、ギター一本で空気の匂いや温度まで変わってしまう。それだけじゃありません。僕の知っていた直さんが、まったく知らない人に見えました」

それは私も同感だった。

「そうしたことが、なんだか楽しくて嬉しいんです。以前はそんなふうに思いませんでした。自分が立っている場所をしっかり踏みしめて、〈ここ〉がどんなところなのか見きわめなくてはならない——そう思い込んでいました。知りたかったんです。知る、ということが何よりのものだと信じていました。でも、いまは違います。知っても知っても変わってゆくんです。そして、その規定できない自由が嬉しいんです。そこには終わりのない可能性があります。可能性っていうのは、どこか遠いところにあるわけじゃなくて、ここにこうして座っていれば、よく知っていたものが自然と移り変わって、新しい可能性がいくらでも広がってゆくんです——」

果物屋さんの云うことは、漫画のフキダシが破裂して、中から色とりどりの花のようなものが飛び出してきたように感じられた。

直さんがどう受け取ったかはわからない。

「そうか」

と、ひと言、そうつぶやいただけだった。

＊

その何日かあとの夕方、私は例によって、古本屋の番台に座る親方のかたわらに力なく伏していた。思うところが色々あった。色々あり過ぎて頭がどうにかなりそうだった。簡単に云ってしまうと、犬の限界というものを感じずにいられなかった。人間の脳の許容量と犬のそれとでは大違いである。だから、人間の皆さんが考えたり探し当てたりしたことが、そのまま犬にも理解できるかというと、そうではない。

嗚呼、理解したい。果物屋さんが話していたこと。そして、それを聞いて、しきりに頷いていた直さんの気持ち。わかりそうで、わからない。犬には難しい。

そもそも、ギターの音色を聴いたときから、訳もなくもどかしかった。そのうえ、わかりそうでわからない果物屋さんの話を聞いて、さらにもどかしくなった。

もし、私が人間の言葉を発音できたら、親方にまず訊いてみたい。〈ここ〉とはどういうものなのか。そして、〈ここ〉が移り変わってゆくことが「嬉しい」とはどういうことなのか。

親方の顔を見上げてみるが、親方は親方で色々あるらしい。さっきから、しきりに延々とぼやいている。

「なぁ、アンゴ。お前にはわからんだろうけど、まったく客の来ない店で日がな一日過ごすってのは、はたして人間の営みにおいてどうなんだ？　贅沢なのか、それとも無為なのか。まぁ、どっちもどっちなんだろうが、俺って奴もなかなかしぶとい野郎だよ。なにしろ客が来ないんだからな。商売ってのは、本来、お客様あってのものだろう。なのに、俺は客も来ないのに、こうして店を開いて腕を組んで待ってる。けなげなもんだよ。たまに客が来たって、売れるのは均一台に並んだ百円の文庫本一冊きり。儲かるも儲からないも、あったもんじゃない。しかしな、アンゴ。俺はこうして一年中、店番ってものをしてるわけだが、さて一体、何の番をしているんだ？　客の番か？　いや、そうじゃない。客なんてものはたまにしか来ないわけだから、じっと見張っている必要もない。だから、そうじゃない。俺はさ——いいか？　俺はここでこうして本の番人をつとめている。本が無事に誰かの手に届くよう、そいつを見守っている。だよな？　つまり、俺が可愛いと思うのは本であって客じゃねぇ。客なんてものはだな――」

そこへちょうど見計らったように、表のガラス戸ががらりと開き、来るはずのないお客様の気配がそこにあった。

表から射し込んだ夕陽が逆光となり、最初はその顔がよく見えなかったが、おやっと私は身を起こすと、反射的に尻尾を振ってその人に歓迎を示した。

「なあんだ、タモツか」

親方が落胆した声を出した。

「なあんだ、はないでしょう？　せっかく来てやったのに」

いつもの調子だった。しかし、親方も負けていない。

「お前さんが来ても本は売れないし、訳のわからん愚痴ばかり聞かされて、麗しい古本屋の静寂が乱されるだけだよ」

「訳のわからん文句を云ってるのは親方じゃないですか。まぁ、オレも少しは云いますけどね」

「少しじゃなくて、たんまりと愚痴を云いに来たんだろう？　他にどんな用があるってんだ」

「あるんですよ、それが」

タモツさんは急に声をひそめてあたりを見まわした。そんなことをしても、親方の云うとおり誰もいないのだから、聞き耳を立てているのは私だけである。

しかし、「じつはですね」と始まったタモツさんの話は、たしかに「ここだけの話」と呼ぶのにふさわしい内容ではあった。

「まぁ、聞いてくださいよ。ちょっとオレなりに思いついたことがあって、ぜひ、親方の力をお借りしたいんです」

「お借り、ときたか」──親方は早くも身構えていた。「云っとくけど、金はないからね」

「ええ、それは重々承知しています。そうじゃなくて、食堂のことなんです」

「はぁ？　食堂って何の話だ」

「十字路の食堂ですよ」

「ああ、あそこは俺、まったく行かねぇから」

親方がめずらしく素っ気ない云い方をして横を向いた。

「いや、オレもほとんど行ったことがなかったんですが──」

そのあとの言葉をタモツさんは濁したが、おそらくは、サエコさんの顔を見たくて、滅多に行かなかった食堂に通い詰めているのだろう。

「あのな、タモツ。俺は滅多に行かないんじゃなくて、あの店には近寄らないようにしてんだよ。だから、本当に一度も行ったことがない」

「そうなんですか」

「そうよ。いままでも——これからもな」

「どうしてです？」

「そりゃあ、お前、うちのヤツが同じ町内で同じ食い物屋をやってるんだぜ？　まぁ、こっちは屋台で、あっちは洋食屋なんだから、勝負したって仕方がないって話だけど、一応、俺としては、商売敵《がたき》には目もくれないと決めてるわけ」

「あ、まさにその商売敵の話なんです」

「はぁ？」と親方はタモツさんの顔をいまいちど眺めた。「何の話だよ、一体」

「だから商売敵があらわれやがったんですよ、あの食堂に。ていうか、食堂だけじゃなくて、初美さんのパン屋の強敵でもあるし、たぶん、サキさんの屋台にも影響があるんじゃないかなぁ」

「ほう？　そりゃあ、聞き捨てならないな」

「でしょう？」

タモツさんは声をひそめるのを忘れてしまったように高らかに云った。

「このまま放っておくわけにはいきません」

「で？　何をしようってんだ？　さては、俺に何か押しつけようって魂胆だな」

「押しつけるなんて、とんでもない。そうじゃないんです。ここはひとつ、敵陣へ乗り込んで、一体どんなものなのか、試食してみようって話になったんです」

「話になった？　と云うからには、何人かで話し合ったわけだな」

「ええ。店主には内緒で食堂の常連とサエコさんと――」

「あれ？　お前さんは初美さんに熱を上げてたんじゃねぇのか。サエコってのは何なんだ？」

「サエコさんです。呼び捨てにしないでください」

「誰なんだよ？」

「そんなことはどうでもいいじゃないですか。とにかくみんなで話し合って、まずは敵の野郎がどんな料理を提供してるのか確かめて、こっちもあたらしいメニューを考えようってことになったんです」

「ふうむ。なるほど。で？　俺に何の用があるってんだ？」

「決まってるじゃないですか。乗り込んでほしいんですよ」

「俺が？」

「そうですよ」

「何で俺なんだよ？　俺は敵の店どころか、食堂の飯だって食ったことがないんだぜ」

「だからいいんです。オレら常連はあっちのスパイに顔をばっちり見られてますから」

「スパイ？」

「どうやら、向こうは、こっそり食べに来てるんじゃないかってサエコさんが云うんです。というのも、食堂名物のクロケット定食が、そのまんま、あっちのレストランで真似されてるらしいんです」

それは私も知らなかった。そんなことになっていたなんて——。

「そいつはよくねぇな」

親方が腕を組んで忌々《いまいま》しげな顔になった。

「なにしろ、オレらが乗り込んで行ったら、すぐにバレちゃうんで、ここはひとつ、親方にお願いするしかないと——。あ、もちろん、食事代は我々が出しますから」

「しょうがねぇなぁ」

親方は苦い顔で唇を噛んだ。

「桜川の〈ワルツ〉って店です。オレらの調査によると、クロケット定食はランチのメニューにしかないようなんで、明日にでも昼飯を食いに行ってください」

「明日ぁ？」

「善は急げです」

「それは善なのかよ、おい？」

「とにかく、他のものを頼んじゃ駄目ですよ。まっさらな気持ちでクロケット定食を食べて、それでどうだったか、旨かったか、そうでもなかったか、率直な感想を聞きたいんです」

「しょうがねぇなぁ――」

「食べ終えたら、その足で十字路の食堂まで来てください。サエコさんに頼んで、いつもより早く暖簾を出しておきますから」

親方は「ああ」と「うう」と「おお」が入り混じった、そのどれでもない曖昧な返事をしたが、親方のことだから、云われたとおり（きっと行くのだろう）と私は確信していた。

＊

翌日——。

確信はしていたが、私がその現場に立ち会うことは叶わない。十字路の食堂はそのあたりがおおらかだが、おそらく、その〈ワルツ〉というレストランは犬である私の入店を許さない。だから、仮に親方が「アンゴも一緒に行くか」と声をかけてくれても、私としては消極的にならざるを得なかった。

いや、消極的も何も、私は親方のところに一泊したものの、昼どきを前にして強制的に映画館に返された。だから、はたして親方が本当に隣町のレストランへ出向いたかどうかわからない。

ただ、親方は朝から落ち着きがなく、「まいったなぁ」とか「知らねぇよ、そんなこと」と、ぶつぶつ云っていた。そもそも私の知る限り、親方は「レストラン」と呼ばれるところに足を向けたことがない。ナイフとフォークを使うのをほとんど見たことがない。

「ビストロっていうのは、どういうところなんだ?」

いつだったか、サキさんに訊いていた。

「修羅場」とか「純粋理性」とか「大義名分」といった、私にはとうてい理解しかねる難しい言葉を知っているのに——そしてそれをひとつひとつ丁寧に私に教えてくれるのに——親方は横文字になると、どうしても頭に入らないらしい。

その点、私は日常的に映画を観ているので、主に外国でつくられた映画を通して横文字言葉を習得してきた。古本屋と映画館にさえ通っていれば、おおよその物事に精通できる。私は学校と呼ばれるところに行ったことがないので大きなことは云えないが、おそらく、学校よりもそのふたつに通うべきである。それなのに、親方の店にも、うちの映画館にもお客様がいらっしゃらない。皆、どこへ通っているのか。

どこなのか知らないが、きっとどこか他所へ通っている。

そこでは何を学べるのだろう——。

そう思うと、私がここでこうして考えていることなど、じつにちっぽけな戯《ざ》れ言《ごと》に過ぎなかった。この世は私の想像を遥《はる》かに超え、古本と映画のみでは計り知れない知識と考察が広がっている。そしてそれは、日々、移ろってゆく。いた。果物屋さんがそう云っていた。

嗚呼、世界というのは、なんとおそろしいものか。

これは私が犬であるからそう思うのかもしれないが、ひとたび「世界」という器を知ってしまったら、そして、その器の中に自分がいるのだと知ってしまったら、どうしたってその器がどんな大きさでどんな色をしているか知りたくなる。匂いを嗅いで、右から左から点検し、ちょっと触れてみたり、耳を澄ましてみたり、出来る限りのことを試したくなる。

しかし、この大きな器は、直さんが私のために用意してくれる食事用のアルマイト皿とはまるでスケールが違っていた。

この途方もない器のおそろしいところは、匂いを嗅いで右から左から眺めるうち、さらなる未知の部分が発見されることである。刻一刻と膨張している。「さぁ、理解したぞ」と安心していると、その安心を乱すあたらしい考えや知識があらわれる。人はそれを「矛盾」と呼んで対処しているが、たとえ、ふたつの違う考えを「矛盾」という器に押し込んでも、さらに別のあたらしい考えが生まれてくる。

この世はそんなにも大きな器なのである。

だから、人は月へ行きたくなったのだろう。宇宙空間を突き抜けて、途方もない遠くへ行ってみたいと願ったのだろう。一度でいいから、あちらからこちらを見たかった。このとんでもなく大きな器を、外から眺めてみたかった。

私はこうして、ある平凡な昼下がりに、初美さんと私の他には誰もいない映画館のロビーで重大な発見をしてしまった。そして、発見をすれば世界はまたひとまわり大きくなる。

ちょうど同じ頃、親方もまた大いなる発見をしていた。

私がそれを知ったのはその数時間後だったが、知ることになったきっかけは、直さんがめずらしくまだ明るい時間に「散歩へ行こう」と声をかけてきたことに始まる。

というのも、午前中からついにお客様が一人もいらっしゃらなくて、私は知らなかったのだが、じつは、前日も皆無であり、となれば、さすがに上映すべきかどうかを考えざるを得ない。

お客様というものは、いつらっしゃるかわからない。もし、いらっしゃったときに上映していなかったら「申し訳ないから」――そう云って、直さんは誰もいなくても上映してきた。

ちなみに、フィルムをスクリーンに投映する技術は直さんだけが知っている。

「わたしだって出来ますよ」

初美さんがそう云っても、そればかりは決して譲らなかった。

だから、直さんが次の回の上映を前にして「散歩へ行こう」と私に声をかけてきたのは、それなりの決意があってのことである。

「わたしが留守番をしていますから、どうぞ行ってらっしゃい」

直さんの決意を受けとめるように、初美さんが背中を押した。

「じゃあ、頼むよ」

ギターを弾いていたときはあんなに活き活きしていたのに、直さんの声は暗く沈んで、それはそれでまた別人のようだった。

散歩に出てからも足取りが重たげで、私は直さんの足の運びに合わせて、どちらかと云うと、私が直さんを導くかたちでいつもの散歩コースを進みつつあった。

私にしても頭の中でさまざまな思いをめぐらせていたが、おかしなもので、直さんの深刻そうな顔を見ているうち、（そんなことより、いまはこちらの方が優先）という思いに引き寄せられた。そういう意味では、私はやはり直さんに導かれている。だから、「あ?」と声をあげて足を止めた直さんに私はすぐに反応し、まっすぐ前を見ている直さんの視線を、空中に描かれた一本の線を辿るように追っていた。

（ん？）と私も声をあげたかった。

視線の先にあったのは、十字路のつむじ風を受けてはためく食堂の白い暖簾で、それが何やら夢の一場面であるかのように見えたのは、まだ陽が暮れていなかったからである。食堂はいつも夜の中にある。暖簾は常に夜の風を受け、青ざめた夜の空気に縁取られてこそ、真っ白にはためいているはずだった。

それがいまは青空を背景にして、物干し台のシーツのようにはためいている。

別人のようだった。いや、人ではなく食堂の場合はなんと云えばいいのか。

それまで深刻そうに眉をひそめていた直さんが、（そんなことよりこちらの方が）と云わんばかりに歩を速め出した。食堂の暖簾に引き寄せられていた。もちろん私もまた足並みを揃えて十字路を目指した。

昨日の記憶がよみがえった。

「いつもより早く暖簾を出しておきますから」

タモツさんがそう云っていた。食堂へ近づくほど、記憶ではなく目の前の風にタモツさんの匂いがまぶされ、直さんが暖簾をくぐるより早く、彼がそこにいることを私は知っていた。

戸を開くなり、「あれっ?」という声がふたつ重なり、「どうして――」とそれにつづく声もまた重なった。

「犬に聞いたのか」

タモツさんが直さんに向かって妙なことを云い、それからこちらを見おろして、「そんなわけないか」と私の頭を撫でた。骨ばった指先が頭頂部で往復し、(もし、私が言葉を発することが出来たら、間違いなくタモツさんの企みを直さんにすっかり話してしまったに違いない)と申し訳なく思った。

「今日は何か特別な――」

と云いかけた直さんをタモツさんは制し、「なんにもないよ」とわざとらしく声を大きくした。どう見ても、何かありそうである。

こうしたところが人間の不可解なところである。どうしてもっと優れた役者のように振る舞えないのか。あんなに映画を観てきたのに、タモツさんはまったく学習していない。

「何かあるね?」と直さんは勘づいた。

当たり前である。タモツさんの落ち着きのない様子は、むしろ、直さんにそう云わせるための、これまたいただけない演技のようだった。

たぶん、私と同じように感じたのだろう。二人の会話を聞いていたサエコさんが、空いていたテーブルの上に水を注いだコップを置き、「これから親方がいらっしゃるんです」と直さんにあっさり打ち明けた。

「親方？」

直さんがコップの置かれたテーブルにつくと、

「じつは、桜川のレストランへ――」

サエコさんが小声で答えた。

「どうしてこう邪魔が入るのかなぁ」タモツさんは不満げだった。「頼むから静かにしてくれよ。シェフに気付かれたくないんだから」

「どういうこと？」

直さんはコップの水を飲みながら、天井からぶら下がった電灯を見上げた。陽は傾き始め、小窓から入りこんだ光が食堂に並んだテーブルの表面を照らしている。客は他にいない。こんな時間に食堂が開いているとは誰も思わない。

「親方って、この食堂に来たことないよね？」直さんがサエコさんに訊くと、

「オレが招待したんだよ」とタモツさんが答えた。「たまには親方に御馳走しようと思って」

「じゃあ、桜川のレストランっていうのは？」

「それも、オレのおごり」

「それって何？　昼と夜と両方ってこと？」

「まぁ、そう」

タモツさんは明らかにイラついていた。

「誕生日なんだよ、親方。だから特別にね」

「そうだっけ？　たしか一カ月くらい前に、今日は俺の誕生日だからアンゴを借りてゆくぞって云ってたけど」

そういえば、そんなことがあった。その日は屋台が休みの日で、サキさんが買ってきた〈ヤマネ〉のシューマイが卓袱《ちゃぶ》台の上に置かれていた。

「一カ月遅れのお祝いなんだよ」

タモツさんが取り繕ってそう云うと、まるでそのセリフをどこかで聞いていたかのように、暖簾を割って黒い大きな人影が食堂に入ってきた。

匂いでわかった。親方だ。間違いない。

直さんもタモツさんもサエコさんも、しばらくその人影にじっと見入った。

人影はアイロンのかけられた縦縞模様のスーツを着て、白いコットン・シャツに水色のネクタイを締めていた。

「行ってきたぜ」

親方の声が食堂の隅々にまで響き渡った。

# 脱走

親方は食堂のテーブルの上にバナナのような指を組み合わせて置くと、神妙に咳払いをひとつして、テーブルを取り囲んだ皆の顔を見まわした。皆というのは、タモツさんと直さんとサエコさんと私である。静かな食堂に親方の咳払いが響き、しばらくの沈黙のあと、

「で?」

と、タモツさんが詰め寄った。

「そうねぇ」と、親方は組んでいた指をひらいて水色のネクタイをゆるめ――親方がネクタイをしているのを初めて見た――せり出したお腹の上で指を組むと、

「いや、なかなかよかったよ」

深々と息をついた。

「本当に?」とタモツさんがさらに詰め寄って確かめる。

「悪くないね」と親方。「上等じゃねぇか？　店の中もまぁそこそこキレイにしてあったし、客はあらかた女だったけど、それもまたよかったね。ああいう、レストランだかビストロだかいうところは、俺みてぇな無精髭《ぶしょうひげ》生やしたオヤジが陣取ってたら興醒《きょうざ》めだろ」

「あのさ」とタモツさんの身振り手振りが大きくなった。「そんなことはどうでもいいんですよ。問題は味なんだから。味がよかったかどうか、ずばり、旨かったかどうか——」

「だから、旨かったよ」

親方はサエコさんが運んできたコップの水を美味しそうに飲んだ。

「まずは申し分なかったね。いい味してたよ、クロケット定食」

親方は食堂の中をひととおり見まわした。

「どうでもいいけど、この店はそろそろ改装した方がいいんじゃ——」

「そうなのね」とサエコさんは親方の言葉を最後まで聞かずにため息をついた。「美味しいんだ、〈ワルツ〉のクロケット定食」

「ありゃぁ、上等だよ」

満足した熊のように親方は目を細めた。

「あれで九百八十円なら、通っちゃうね、俺は。なかなか丁寧につくってあってさ、皿もぴかぴかに磨いてあって気持ちよかった。飯も旨かったし、添え物のマカロニサラダもじつにいい味してた。まぁ、全体にほんのり甘めなんだけど、コロッケ——いや、クロケットはさ、なんて云うか、新鮮な味っていうかね、揚げたてで、こう、口当たりはさくっとして、中はほくほくで、最初は、コロッケごときをナイフとフォークで食うなんてしゃらくせぇなぁと思ったんだけど、あの味ならいいよ。ふさわしいね。いや、ひさびさだったな、あんな旨い昼飯。あれなら——」

「もう、いいよ」

タモツさんが親方の言葉をさえぎった。

私は親方とタモツさんとサエコさんの様子を順繰りに見上げていたので首が疲れてしまい、おなじみの定位置——サエコさんが用意してくれたワインの空き箱の中にしゃがみこんだ。

ネクタイがめずらしいだけではなく、親方は古本屋にいるときよりも、ずっと声が華やかだった。さて、それはどうしてなのか、と考えてみたが、それはやはり、御飯が美味しかったからに違いない。

「ただね」

親方は胸のポケットから白いハンカチを取り出した。

「俺はなにしろ、この食堂のクロケットを食ったことがないからさ。どっちが旨いとかそういうのは、食べ比べてみないことには――」

額に浮き出た汗を拭った。

「いま、お持ちしますよ、うちのクロケット定食」

サエコさんが厨房に駆け寄り、ゆるんでいたエプロンの紐を後ろ手に結びなおした。

「じつは、準備していたんです」

「え？」とタモツさんが声をあげる。

「大変だったのよ、おじさんを説得するのが――」

サエコさんの声は少し離れた私にまで届いたのだから、厨房の中でクロケット定食をこしらえている食堂のあるじにも聞こえていたかもしれない。

「そんなことする必要ないよ――って云わなかった？」

タモツさんが、ぶっきら棒なあるじの声色を真似ると、

「そう云うだろうね、あのひとは」

直さんが頷いた。

「そうなのよ。でもね——」サエコさんは声を小さくして、「おじさんって相当な負けず嫌いなのよ。だから、食べ比べてもらって、どっちが美味しいかシロクロつけましょうよって、わたしが煽《あお》ったら、比べるまでもないだろう、って云いながらその気になったみたい。たぶん、不安なのよ。目に見えて、お客様が減ってきたから——」

「おい、ちょっと待ってくれ」

親方が不服そうに眉をつり上げた。

「それってつまり、俺が食うわけだろ？　いまここで？　冗談じゃねぇよ。俺はたったいま食ってきたばかりなんだぜ。大体、俺はこんなことやりたくなかったんだよ。ていうか、なんで俺なんだ？」

「親方はこの町でいちばんのグルメだからです」

タモツさんが平然と答えると、

「ああ、そうか」

親方は満更でもない顔になって、「まぁ、そういうことになるのかな」

汗を拭ったハンカチを丁寧に折り畳んでポケットに戻した。

「つまり、あれだろ？　旨いとか旨くないとかっていうのを、真っ当な言葉で表現できるかってことだな？　そりゃあ、たしかにこの町でいちばん本を読んで言葉に通じているのは、俺か雨降りの先生ってところだろう。だけど、あの先生はどっちかって云うと草食系ってヤツだからな、食うことに熱心じゃねぇんだよ。そこへいくと、俺は常にシューマイとか、ねぎま鍋のことなんかを考えてる――」

それはただ食いしん坊なだけではないのかな、と私は思ったが、その一方で、食いしん坊とグルメにどのような違いがあるのか、私の乏しい経験と知識では測りかねた。

さてそれから、さほど時間はかからなかったと思う。いつもは多種多様な匂いが錯綜《さくそう》している食堂であるが、ただひとつ、揚げたてのクロケットの香りと湯気の立つ白い御飯の匂いが厨房の方から漂ってきた。

「お待たせしました」

サエコさんの声が、銀色の盆に載せられた定食と共に届けられた。

「ほう」と親方が声をあげる。「こりゃ、旨そうだな」

ナイフとフォークを両手に持ち、「ふうん」と云いながら、コロッケを切り分けて、まずはひと切れおもむろに口へ運んだ。咀嚼して顎をあげ、目をしばたたかせて、また咀嚼した。一旦、皿に置いたナイフとフォークを持ちなおして、もうひと口。沈黙――。

「どう？」「どうかな？」サエコさんとタモツさんが待ちきれずに親方の顔を覗き込んだ。

親方は「ふむ」と言葉にならない言葉をひとつ発したのみ。コップの水を飲み、コロッケを食べ、御飯を頬張り、皿に添えられた温野菜――キャベツと人参とじゃがいもをひとつひとつ味わい、また水を飲み、コロッケを食べ、御飯を食べて野菜を味わい――黙々とこの繰り返し。

「どうかな？　旨いだろう？　全然、こっちのがさ」

タモツさんがしきりに親方の感想を引き出そうとするのだが、どうしたことか親方はいっこうに応じない。「いい」も「悪い」も「旨い」も「まずい」もない。どことなく険しい顔をして、鼻息も荒い。次第に食べるスピードが上がってきた。

「おい、親方、どうなんだよ。なんとか云ってくれよ」

タモツさんの訴える声が、きっと厨房のあるじにも聞こえていただろう。とうとう、親方が食べ終わるまであるじは姿をあらわさず、しかも、親方は食べ終わるなり、「ごちそうさまでした」と一礼して、「おい、青年、ちょっとアンゴを借りてゆくぞ」と立ち上がった。

私は突然、自分の名が呼ばれて、驚きながら顔をあげたのだが、親方は、「さぁ、行こう」と私の方を見ることもなく店を出ていった。

私は魔法がかかったみたいに勝手に体が動いた——。

食堂を出ると、十字路に、つむじ風がゆるい渦を巻いていた。

そんな気がしただけかもしれない。たぶん、渦を巻いていたのは親方の胸の中で、渦の中心には、親方の足を急がせるものがあった。いつもよりずっと足早に商店街を歩き、いつもなら、すれ違った顔に会釈をしたり、「おう」と手を挙げたりするのに、うつむき加減で恐い顔をしていた。

すれ違う人たちも、あれ、親方かな？　と思うようだが、見たことのないスーツ姿にネクタイをなびかせているので、首を傾げたまま声をかけてこない。

そうして足早なまま行き着いたのは、銭湯の裏の空き地だった。

「あら、もう行ってきたの」

屋台の準備をしていたサキさんは、私の頭を撫でながら親方に訊いた。

「どうだった？　隣町のコロッケ。美味しかった？」

「いや、それがさ——」

親方は屋台の長椅子に腰をおろし、ゆるめていたネクタイをほどくと、そのあたりへひょいと投げ出した。

「参ったよ。隣町のと、そこの食堂のとさ、よく似たコロッケ定食をふたつ食べさせられた」

「ああ、食べ比べをしたわけね」

さすがに飲み込みが早い。

「で？　どっちが美味しかったわけ？」

「まぁ、とにかく貴重な体験だったよ」

親方は屋台のカウンターに並べてあった日本酒の瓶の中から適当な一本を手もとへ引き寄せ、サキさんが差し出した湯呑み茶碗に、透明な酒をなみなみとついで口をつけた。

「ふうむ」

「何なの？」

サキさんは準備が忙しいから親方の顔は見ない。「うーん」とか「ふう」などと云っている親方の声だけを聞き、鍋の中に、切り刻んだものを放り込んだり、肉や野菜を串に刺したりしていた。

「あのさ」――親方がようやくまともな言葉を発した。「俺はいつも夕方のしょっぱなに、こうして一杯いただくだろう？」

「お金も払わずにね」

「いや、そうじゃねぇんだよ。俺としては、お前が屋台で出す酒をひとつひとつ味見してやってんだから。だから、そのときそのときで違う酒を飲んでるんだけど――」

「あら、そうなの」

「そうよ。お前は知らないだろうが、ひそかに点数をつけてさ、どれが本当に旨い酒なのか、俺なりにね」

「ふうん。で？　どれが美味しかったわけ？」

「いや、俺は今日、ひとつ発見をしたんだよ」

親方は夕方に近づいた空を見上げ、ほんのり赤みが差しているちぎれ雲を眺めた。

「あのさ、旨いとかなんとか、講釈を並べてるうちは大したことねぇんだよ。しょせん、感想なんてものは、その程度のもんだ。本当に旨いものは、俺を黙らせる」

「あら、そんなに美味しかったんだ、隣町の――」

「いや、あそこのは普通に旨かっただけでね」

じつを云うと、私はそのときサキさんがこっそり出してくれた蒸し鶏のはじっこを、親方に見つからないよう椅子の陰で食していた。見つかると、「サキ、お前、俺より犬を優先するのかよ」と親方が怒鳴るからだが、親方の言葉を聞いて、食べかけの蒸し鶏が喉につかえそうになった。

「だから、隣町のは旨かったと報告しといたんだけど――」

一体、言葉を失うほど美味しいものとは、どんなものだろう。

私は喉につかえそうになった蒸し鶏を奥歯でしみじみと嚙みしめた。

*

それから先のことは、いささか記憶があやふやになる。

嗅覚が少々鈍ってしまったのは蒸し鶏のせいかもしれない。いや、正確に云うと、蒸し鶏を載せた皿の端にからしがこびりついていたのに気付かず、ついつい皿を舐めてしまったのである。

飛び上がりそうになった。

というか、実際、私は飛び上がるように屋台から転がり出て、空き地の草むらをデタラメに走りまわった。

「おい、どうした」と親方の声が聞こえ、

「嬉しいのよ、ゴンちゃんは」とサキさんが見当外れなことを云った。「たまには、自由に好きなように走らせてあげなさい——」

その言葉は有難かったけれど、私は——断じて云いたいのだが——自由になりたかったわけではない。ただ、走りまわるうちに泥で肉球が汚れ、爪の先にちぎれた草が入りこんで、嗚呼、いつかもこんなふうに自分は走ったことがある、とデジャ・ヴに似た感覚で体が強張った。

あのときだ。

峰岸さんが映画館からいなくなった日——。

私はそれまでのドッグ・ライフで最大限に鼻をきかせてマスターの足跡を追いかけた。鼻で足跡を追って、匂いで地図を読みとった。

映画館を出て、商店街の道を横断し、銭湯の裏手に出て、空き地にたちこめる草の匂いに圧倒されながら踏切の音を聞いた。陽が暮れてゆく時刻だった。二両編成の路面電車には、すでにあかりが灯され、遮断機の向こうの車内に仕事帰りの町の人たちの顔が浮かんで見えた。その中に、もしかしたらマスターの顔があるかもしれない——が、目を凝らしたが見当たらなかった。音をたてて電車は通り過ぎ、踏切の向こうの路地から峰岸さんの匂いが風に乗って運ばれてきた。

革の鞄の匂いがした。

私には、その後ろ姿が見えるようだった。古びた重たい革鞄に身のまわりのものを詰め、ほとんど引きずるようにして、峰岸さんは出ていった。

どこへだろう——?

きっと、行くあてなどない。どちらへ向かって歩いてもよかったのだろうけれど、峰岸さんは踏切を渡って、その向こうの路地に入りこんだ。間違いない。

私はその足取りを追って踏切を渡った。全身、夕方の匂いに包まれ、体中の毛の一本一本が夕方のかすかな風に反応した。私は夕方とひとつになっていた。夕方が私を導いてくれた。それで、私はどの道をどんなふうに辿ったのか記憶がない。

ひとつだけはっきり感じていたのは、自分の居場所から遠ざかってゆく感覚だった。遠ざかってはいけないのに――。

そこは自分の場所であり、そこにいるからこそ、自分は自分であった。そうであると重々承知しているのに、私は遠ざかりつつあった――。

次第に足早になった。

そして、そのあたりから私はわからなくなり始めた。

私はいま、あの日の記憶を頭の中で辿っているのか、それとも、頭の中ではなく体ごと本当に辿っているのか。

どうも後者のようである。

いつのまにか私はサキさんの屋台を後にして遠ざかりつつあった。口の中にからしの香りがするのが証拠である。これは記憶ではない。これは現実で、私はたったいま月舟町から遠ざかりつつある。あの日の記憶を足が勝手に辿って路地を通り抜けた。あのときもそうだったが、夕方の闇が深くなって人の目が物の見分けをつけにくくなる頃合いになり、それゆえ、私は誰にも見つかることなく、誰からも声をかけられることなく突き進んだ。

走っていた。息が弾んでいた。血管の中を血が上へ下へとめぐりめぐって、肉球がじんじんと痺《しび》れる。それでも休むことなく走った。

どうしたかったのか。あのとき、私は峰岸さんのあとを追いかけて、そして、どうしたかったのか。その後ろ姿を幻影ではなく視野の中に捉え、走って、近づいて、ついに追いついて、吠えたてて——待ってください、と訴えたかったのか。

結局、そうはならなかった。

頭の上を、黒い雲が次から次へと流れていった。

迷路のような路地を通り抜け、そのうちに人家が密集する一帯から離れると、匂いも風も変わって、気温も少し下がったように感じられた。夕方が夜になっていた。が、空気が冷たくなった理由はそれだけではない。人家を離れると銭湯裏の空き地に似た草むらがつづき、前へ進むうち、ちょうど商店街の坂をのぼるときの傾斜になって、さらに進むと傾斜の角度が急になった。丘をのぼるような傾斜だった。

のぼりつめた途端、顔に当たる風が強くなり、いきなり視界が左右に大きくひらけた。その視界の右から左へゆったりと川が流れ、暗いせいもあったが、向こう岸がぼんやりとしか見えない。

大きな川だった。

水の流れる音がして、むせかえるような草の匂いがした。そこまでかろうじてつづいていた峰岸さんの痕跡が、そこから先、希薄になっていた。私にはわかっていた。峰岸さんはこの川を渡って、向こう側へ行ってしまった。ぼんやりと向こう側の町のあかりが見えていたが、それは少しだけ遠くにありながらも、親密であたたかく感じられた。

「あいつは、外から来た奴だからな――」

誰かと誰かが直さんのことを話しているときにそんなことを云っていた。「あいつ」とは直さんのことで、「外」とは川向こうの町を指している。話だけを聞いていたときは、それがとても遠いところのように感じられたが、その町がすぐそこに見えた。

その町にもこちらと同じように人がいて、犬もいて、たぶん食堂も映画館も銭湯もある。目が慣れるにつれ、銭湯の煙突がはっきり見えた。白い煙を吐いていた。

どのくらいの時間、私はそこでそうしていたか――。

それほど長い時間ではなかったと思う。記憶が曖昧だった。

どんな道を走って月舟町まで戻ってきたのだろう。あるいは、もう戻れないかもしれないと思いかけたところで踏切が見えた。その向こうにサキさんの屋台の赤い提灯が見えた。

「ああ、あのときはホント参ったよなぁ」

線路のこちらにまで、親方の声が聞こえてくる——。

今日は客が来ないらしい。そういうとき、親方はサキさんと二人でひと昔前のはなしをする。ときに、夢中になって話している。

だから、二人とも私が束の間の脱走をしたことに気付いていないようだった。

# 記念撮影

毎日のように映画を観ていて学習したのだが、あるひとつのエピソードが終わって次の場面に移るとき、そこにそれなりの時間が流れているときは、ちょっとした風景などが差し挟まれる。

桜が舞い散る様子だとか、蝉《せみ》が鳴いている神社の樹々だとか。

ほんの数秒、スクリーンに映し出され、それらの風景によって季節が変わったことがそれとなく示される。そのわずか数秒で、季節がひとつやふたつ、場合によっては、丸々一年が過ぎてしまうこともある。

そんな感じだった。

親方がクロケット定食を食べ比べたのは、たしか雨の季節が終わりかけた頃で、親方はサキさんの屋台で美味しそうにお酒を飲んで夕空を見上げ、それがもし映画だったら、その夕空の場面が夏の青空に変わって、お酒は冷やされたラムネに変わってゆく。

そのあと、赤とんぼが翅《はね》を休めているのが大写しになり、次に公園の草むらに置き去りになったショッピング・カートが、雨風のせいか、以前より荒れ果てた感じになっているのが静かな音楽とともに映し出される。

消え入るように音楽がやみ、画面の中央に〈月舟シネマ〉の看板があらわれる。

看板は次第に小さくなり、画面の右はじに写真機を構えた男の背中が映り込む。

私はその男を背中の方からではなく、正面から見ていた。映画館の中からガラス戸ごしにである。

見たことのないひとだった。

こう見えて、自分は映画館の番犬なのだから、怪しい人物を目にしたら、とりあえず、吠えるなり唸《うな》るなりして威嚇するのが務めである。よし、と腰を上げたところで、直さんが男に気付き、「ああ、こちらです」と手を振ってみせた。

(なあんだ、直さんの知り合いか)

出番がなくなった私は、上げかけた腰を戻し、いつもの定位置に伏して耳を澄ませた。

「いや、あんまりいい映画館なんで、つい撮ってしまいました」

男は楽しげにそう云うと、チケットを買うこともなく、さっさと映画館の中に入ってきた。

「例のものを、お持ちしました」

伏せながら、床上十センチの視線で眺めると、そのひとは手にしていた大きな鞄を重たげに直さんに差し出した。

（ああ、そうか）と私は納得して視線を落とした。フィルムの手配師さんである。しばし、直さんと会話するのを聞くうち、およその事情が見えてきた。

そのひとは並木さんといって、フィルムを手配してくれる会社の社長さんだった。並木さんは手足が長くて背も高い。

「ついに、私ひとりになってしまいました」

三人いた手配師さんが、皆、やめてしまったらしい。給料がまともに払えず、それはつまり、フィルムを映画館に届ける仕事そのものが激減したからだという。

「人生で初めて、暇を持て余しています」

困ったなぁ、とただ腕を組んでいるだけでは息が詰まるので、若いときに買い集めた中古の写真機をひさしぶりに押し入れから出してきて、一台一台、点検や修理をしているという。

「それで、試し撮りをしているんです」

「デジタル・カメラじゃないんですね」

直さんが写真機を覗き込むように確かめると、

「もちろん。何から何まで自分で設定する、本当に面倒なカメラです」

並木さんは、黒い金属のかたまりのような写真機をどこか誇らしげに直さんに見せた。

「うまく撮れてるかどうかわからないですが、こういうカメラを持って歩いていると、どういうわけか、昔のものばかりに目がいって。壊れかけたものとか、捨てられたものとか、なんだかそういうボロいものばかりを撮りたくなって――あ、〈月舟シネマ〉さんがボロだって云ってるんじゃないですよ」

ほとんど、そう云っているに等しいけれど――。

私もまた写真機を携えて散歩などしてみたい。犬の視点はぐんと低いから、きっと、人間には撮れないものが撮れる。

「まぁ、しかし面白いもんですね」

並木さんは写真機を大切そうに抱え込んだ。

「こんな古ぼけたカメラを持ち歩くだけで、世の中が、ずいぶん違って見えます」

「それってつまり、カメラ一台で並木さんの意識が変わるってことですか」

「そうね。こいつを持ち歩いていなければ、破れかけた銭湯の暖簾とか、錆の浮いた映画館の看板なんて目に留まらないですよ。でも、逆に云うと、何かひとつでも昔ながらのものを身につけていたら、それが磁石みたいになって、いろんなものが勝手に引っついてきます」

「そうならないですかね、うちの映画館も」

直さんの考えていることが私にはわかった。

どうしたら、この古びた映画館にお客さんが集まってくれるだろうか――。

クロケット定食の一件以来、直さんは誰かと顔を合わせるたび、「どうしたら」と積極的に意見をもとめるようになった。以前の直さんにはそういうところが欠けていた。

親方が隣町の〈ワルツ〉よりも、十字路の食堂の方が数段上であると判定を下したとき、直さんはちょうどその場にいて、話を聞いていた。

＊

親方は食べ比べをした翌日の夜に、つむじ風食堂へふらりとあらわれた。ちょうど、タモツさんと直さんとサエコさんが親方の噂をしているところだった。

「どうして親方は何も云わずに帰っちゃったんだろう」

タモツさんが舌打ちをして不満を述べるのを聞き、事情を理解していた私は、（そうじゃないんです、本当に美味しかったから何も云えなかったんです）と正しく伝えたかった。

「おう、揃ってるじゃねぇか」

そこへ突然、親方の大きな体が、食堂の壁に黒い影となって映った。

「昨日は、どうもすまなかった」

そう云うと、まるで十年来の常連客のように、昨日と同じ席に腰をおろした。

「クロケット定食、ひとつ」

迷うこともなく注文した。それだけでもう充分だったかもしれない。私が親方の心情を代弁できなくても、あるいは、画面の隅に字幕による解説が流れなくても、その場にいる誰もが親方の判定を汲《く》みとった。おそらく、汲みとったことを伝えたくて、「だろう?」とタモツさんが誰に向けてでもなくそう云った。

「俺はさ――」

親方がそれに応えた。

「ひとつ決めたんだけど、何が何でも死ぬまで古本屋をやってやろうと思って。昨日、ここであのコロッケを食いながら、この旨さは何だろうと考えさせられた。頭はまわってるんだけど、言葉があの旨さに追いつかない。それで、ああ、言葉じゃねぇんだな、と気が付いた」

「どういうこと?」

タモツさんの問いに、皆がテーブルを囲んで親方の答えを待った。

「俺はここんところ、自分に云い聞かせたかったんだよ」

親方は親指を立てて自分を指差した。

「何か説得力のある言葉を見つけ出して、右へ行くのか左へ行くのか――まぁ、この際だから云っちまうけど、このままあの客の来ない古本屋をつづけるのか、それとも、ここで潔く店をたたんで、心機一転、おでん屋になっちまった方がいいのか。その答えになる言葉を、ああでもないこうでもないと探してた」

「そうなんですか」

黙っていた直さんが口を開いた。

「ああ」と親方は頷き、「ひとつだけわかってるのは、俺はつくづく古本が好きだってことと。その好きだっていう気持ちに、それはどうしてなのか、なぜ好きなのかと腑に落ちる理屈を思いつきたかった。だけど、いくら考えても思いつかない。それが、どうにももどかしくてね」

親方は腕を組んだ。

「だけど、昨日ここで飯を食って、ああそうか、言葉に出来るものなんて大したことねぇんだなと思い知ったよ。ていうか、考えてみりゃあ、理屈なしに好きだから、いまの仕事を選んだんであって、理屈なしに好きだっていう思いに、あとから理屈をつけようったって、しょせん無理な話だ」

「そうだ」——と最初に聞こえた直さんの声はそれほど大きくはなかった。犬である私の耳には届いたが、もしかして、他の三人には聞こえていなかったかもしれない。

「つまり、本当に好きなときは、いくら考えたって、理由とか理屈なんてものは出てこない」

親方は大きく首を横に振った。

「不安になると、つい言葉に頼りたくなるけど、自分が好きなことをきっちりやってれば不安になる暇もないだろう。俺はたぶん、いつからか、きっちりやってなかった。やってるふりをしてただけだ。どこかで手を抜いてた」

「そうだ」と直さんの声が大きくなった。

「だけど、おそらく、ここのあるじは――」

親方は食堂の厨房に目をやり、

「ここのあるじは、一度も手を抜かずに、毎日毎日、同じ飯をつくってきた。俺は昨日初めて食ったが、初めてなのに、それが伝わってきた」

親方は自分の胸の真ん中を右の掌で押さえた。

「どうして、そんなことが出来るのか――」

「どうしてなんだ?」

タモツさんも厨房の方を見ながら親方に訊いた。「そいつをぜひ知りたい」

「答えはただひとつ――」

親方は駄目な映画の下手な役者のように、いかにも思わせぶりな感じで人差し指を立てた。

「やめないこと」

目を細めてそう云った。

「本当に好きなら、やめないこと。逆に云うと、やめちまうってことは、なんだかんだ云っても、気持ちがさめたってことだ」

テーブルの上にサエコさんがクロケット定食を運んでくるまで、タモツさんも直さんも親方もそれぞれ、宙の一点を見つめていた。

「お待たせしました」

サエコさんの声が、いつもよりずっと静かに食堂に染み渡った。

＊

それから、いくつかの風景が差し挟まれて、夏が終わって秋になった。

映画であれば、ひとつひとつ、ひとりひとりをカメラが追ってゆくだろう。

直さんは夜になると、以前よりずっと長い時間をかけてパンフレットの説明文を書くようになった。あらかじめ文字数を決めることをやめて、いかにその映画が素晴らしく面白いか、いかに自分がその映画に魅了されているか、解説文というよりほとんど感想文に近い文章を書いた。きりがないくらい長々と書いた。書き上げると私に読んで聞かせるのは相変わらずで、しかし、以前よりずっと声が弾んでいた。

その反面、初美さんと映画館の行く末について話すときは、一段階、声が低くなっていた。おそらく楽天的な面が後退し、より現実的な対策を考えるようになったからだと思われる。

「これからはね」と直さんは初美さんに念を押した。「これからはもう、毎日、これが最後の上映だと思って覚悟しないと」

最後、という言葉が二人の会話に日常的に使われるようになった。私が見る限り、二人はその言葉を使うようになってから、より親密になったように思う。

「もし、本当にこれが最後ってことになったら、何を上映するかなって考えたんだけどね——」

「『三ミリの脱出』でしょう？」

先まわりをするように初美さんが云い当てた。

「どうして、わかったの？」

「だって、いつもは居眠りとかするのに、『三ミリの脱出』のときだけは、映写室の窓からしっかり観ていたでしょう？　ときどき涙なんか拭いたりして——」

私もこの映画が大変好ましく、上映されるたび、こっそり館内に忍び込んで観入っていた。だから、この映画を最後の上映とするのは賛成である。内容的にもちょうどよくふさわしい。

ところが、前回の上映の際に『三ミリの脱出』のフィルムを貸し出してくれた会社が廃業となり、保管していたフィルムの大半が廃棄されたという噂を直さんは耳にしていた。いや、そうじゃなくて、廃棄されかかったフィルムを、一括して買いあげた奇特な配給会社がある――という別の噂も聞いていた。

調べて、行き当たったのが並木さんで、並木さんの会社とは、かつて峰岸さんが館主だった時代に取り引きがあったという。その縁が功を奏して倉庫に山と積まれた中から、『三ミリの脱出』を探し出してきてくれたのだった。

「最後に」と直さんは決めていたのだが、そうした偶然によって届けられたフィルムなのだから、仮に最後ではないとしても、上映しないわけにはいかない。

初美さんが素晴らしいアイディアを思いついた。

「こうなったら、最後の上映を〈月舟シネマ〉いちばんのロングランにするの。いつまでも終わらない最後の上映なんて面白いじゃない」

「なんだか、インチキくさい閉店セールみたいだけど」

直さんは最初、乗り気ではなかった。が、初美さんのアイディアを並木さんに話したら、

「面白いですね。いいでしょう。料金は据え置きで、半永久的に貸し出しますよ」

そのひとことで、「最後の上映」が実現することになった。

半ば冗談のつもりだったのだが、厳しい現実は、いよいよ本格的に客足が遠のき始めたことで、冗談ではなくなりつつあった。

「最後」という言葉が終わりに向かって走り始めていた。


上映が始まって間もなく、映画館にとって、思いがけないことが起きた——。

誰もが知る有名なテレビ局から〈月舟シネマ〉の取材をしたいという申し入れがあった。

テレビ局からの電話を受けた直さんは、「はい？」「どういうことです？」「意味がわからないんですが」と取材が信じられず、

「親方がいたずら電話をかけてきたのかと思ったよ」

電話を切ったあとに初美さんにそう報告した。

「どうしてなの？」と初美さんも信じられない様子だった。

「どうやら、リーフレットを読んでくれたみたいで——」

最後ということもあって、直さんは渾身《こんしん》の解説文を、それまでの型を破ってさらに長々と書いた。刷り上がったばかりのインクの匂いがするリーフレットを、食堂や古本屋や果

物屋の店先に置いてもらい、それが人づてに伝わって、夕方のニュース番組をつくっているテレビ局のスタッフのもとへ届いた。いつもは、一作品について五百文字くらいの文章をリーフレットの片隅に載せていたのだが、リーフレット自体をふたまわり大きいサイズに変更して思いの丈を盛り込んだ。あらすじの紹介にとどまらず、直さんなりに『三ミリの脱出』という作品を分析して、ついでに、映画館で映画を観る喜びについても書き綴った。

「最初の思いに戻って――」と直さんは自分をかえりみている。「僕は学生のころ、この世でいちばん映画館という場所が好きでした。映画館で映画を観ること。それ以上に好きなことはないという結論に至り、それならば、と毎日好きなことに浸っていられるこの仕事を選びました」

私は複雑な思いになった。

直さんはそう書いているが、本当に「それ以上に好きなことはない」と云いきれるのだろうか。「この仕事を選びました」というのも、はたして正しいのか。

直さんは本当の思いを封印している。ギター弾きへの憧れを封印し、自分の神様の名前を私の名前に小さな目印として残した。

でも、時間が経つにつれて、〈ここ〉が変わってゆくように、直さんの思いも変化したのかもしれない。きっとそうだ。そう思ったら、私は私のもどかしさから解放された心地になった。

「ジャンゴ」は神様の名前だけれど、直さんの映画館の番犬——つまり、はずかしながら私の名前でもある。

その日、私はいつものように親方に連れ出されて、古本屋の自分の定位置で猫のように丸くなっていた。そこへ印刷所から届いたばかりのリーフレットを手にした初美さんがあらわれ、

「直さん、これで最後かもしれないってすごく気合いが入ってます」

親方に刷り立ての一部を差し出した。

「俺もそれを実感してるとこでさ。古本屋をつづけるか、ここでやめるか、ずいぶん悩んでね。結論としては、つづけるってことになったけど、そうは云っても、いつまでつづけられるかわからない。そうしたら、急に古本屋ってもんが愛おしくなってさ——」

親方の顔が赤らんでいた。

「もっと云うと、古本屋である自分を愛おしく思ったっていうのかな。だって、想像もつ

かねぇんだよ。古本屋じゃない俺っていうのが」

「それはわたしも同じです」

初美さんは——髪を三つ編みにしていたせいかもしれないけれど——青春映画のヒロインを思わせる少女の顔つきになった。

「わたしも、直さんのこれを読んで、自分はパンを焼くことがこの世でいちばん好きなんだよなぁと思い出しました。おかしな話です。好きで選んだ仕事なのに、毎日繰り返していると、御飯を食べることや歯を磨くことと同じになって、それが自分の一番だったのに、いつのまにか埋もれてわからなくなって——」

「いや、だからね」と親方は頷いた。「だから、忘れないように何かしら目印みたいなものを自分に課するしかねぇなと思って」

「目印？」

「まぁ、宿題みたいなもんだね。ちょっと面倒なところがあるっていうか。面倒じゃないと、また忘れちまうんだよ。それで俺は、先週から面倒な棚の整理を始めたんだけど——」

親方が棚に限らず店全体の整理を始めたのは、そばでじっくり観察していたが、そうした理由があったとは知らなかった。

「ジャンルごとに棚を仕分けしてる」

「あれ？　じゃあ、いままではどうしていたんです？」

「いや、いままではさ——まぁ、デタラメだったんだけど、デタラメなりに俺にはどこに何があるかわかってたわけ。だけどさ、お客にそれが伝わらないんじゃ仕方ねぇだろ。それで一念発起して、わかりやすくジャンルごとに並べかえてやろうと思って」

「なんだかいいところに来ちゃったな、わたし」

初美さんは棚に歩み寄った
「ねぇ、親方、どうか笑わないでほしいんだけど」

声が小さくなった。

「あのね、わたし、パンのつくり方、みたいな本を探してるの」

「ん？」と親方は初美さんの声に耳を傾け、それから鼻息を荒くして、「あのな、初美さん。俺の自慢は、どんな御要望にもお応えしますってことなのよ。その割には棚が整理されてなかったんで申し訳なかったんだけど、これこのとおり、何でも揃っていて、仕分けまでしたんだから、もはや最強だね。パンのつくり方だろうが、焼き芋の焼き方だろうが、お望みとあれば、何でもあるんだよ、俺の店は」

このセリフは棚を整理する前からたびたび口にしていたが、以前は「ええと、どこにあったかな」と積み上がった本をひっくり返して探すことがよくあった。

が、いまや整理された上に、〈ノンフィクション〉〈神話〉〈画集〉〈日曜大工〉といった仕分けの目安となる言葉が棚板に貼り付けられている。

「ほら、そこの右っかわの上から三段目の真ん中。棚に〈料理〉って紙が貼ってあるだろ？　そのあたりを見てごらん」

「あ、ホントだ。あった」

「そいつは結構、ド古い本だけど、そんなんでいいの？　もうちょい、あたらしいのも探せばあると思うけど」

「いえ、これでいいんです。これってちょうどわたしの祖母がパン屋をひらいた頃につくられた本で――」

初美さんは奥付の発行年月日を確かめていた。

「まさに、こういうのを探していたんです」

「どうしてまた、そんな古いのを」

「じつを云うと、わたし」――初美さんは見つけた本を胸に抱いていた。「じつはわたし、パンのつくり方を知らないんです」

「ほう？」と親方が眉をあげた。「そうなんだ」

「ええ。子供のときから祖母や母の手伝いをしていたので、見よう見まねでなんとなく覚えてしまって。だから、細かいところはまったくの自己流なんです。それでいつも思ってたの。本当にこれでいいのかって」

「まぁ、食い物の場合は、旨けりゃあそれでいいと思うけど」

親方はそう云ったが、

「わたしも親方の云う目印を自分に課そうと思って」

「宿題ってこと？」

「ええ。この本を読んで、基本を一からおさらいしたら、商品をね、食パンだけに絞ってみたいんです」

「そりゃまた、大胆だね」

「だって、うちの店って、もともと食パンが売りだったわけだし。他のパンはおまけみたいなものだったのに、いつからか、食パン以外に力を入れ過ぎちゃって。それって、半分は――いえ、半分以上かな――ほとんどわたしの自己満足なんです。毎日、食パンばかり焼くことに飽きちゃって、何か違うものがつくりたいって欲が出たんです」

「でもそれが、発展ってヤツじゃねぇのかな」

「そう。一見そう見えるからややっこしくて」初美さんは首を振った。「でも、基本が成ってないのに、上っ面だけいじくっても仕方ないんじゃないかなって。だから、わたしはやっぱり基本の食パンに戻って、修業しなおしたいんです」

「なるほどな――」

親方は店の外をガラス戸ごしに眺めた。

「客が来ねぇなんてぼやいている暇があったら、宿題をちゃんとやれって話だな」

白い糸のような小雨が降り始めていた。

＊

その小雨が降る午後に、次のお客様が黄色い傘をさして古本屋にあらわれた。

「おい、犬。元気か」

「なぁ、タモツ」と親方が呆《あき》れていた。「お前、犬に挨拶する前に、まずは俺に挨拶しろや」

「いや、じつは親方、ぼくはいま本を探していましてね」

「あ？　何だよ急にかしこまりやがって。ぼく、って云ったか、いま？」

「ねぇ親方、そんなことはどうでもいいじゃないですか。ぼくとかオレとか、そんなことじゃなくて、人生にはもっと大事なことがあるんです」

「なんだお前、熱でもあんのか――」

「いや、真面目な話、ぼくは、ある女性を幸せにしたいんです」

　この人のこうした言動はいまに始まったことではない。親方もよくわかっていた。

「ああ、わかったぞ。食堂の娘だな」

「どうしてわかるんです？」

「どうしてって、お前さんの態度を見ていたら犬にだってわかるだろうよ。な？」

（はい、わかります）と答えたつもりだったが、はたして伝わったかどうか――。

「で？」と親方はいきなり声を大きくした。タモツさんは半歩ほど後ずさり、思いなおしたように二歩ほど前へ出ると、「ぼくは彼女を幸せに――」と口ごもった。

「彼女を幸せにしたいんじゃなくて、ぼくが幸せになりたいんじゃねぇのか」

私は学習していた。こうした状態を「ズボシ」というのではなかったか。

「まぁ、そうなんですけど」タモツさんが、もごもごと話をつづけた。「それはそうなんだけど、彼女を幸せにすることがそのままオレの幸せになるんです」

「ほう。で、何だ？　何を探してる？　女を幸せにする手引書か？」

「違いますよ。そんなんじゃなくて、珈琲のですね――」

「珈琲？」

「とか紅茶とかココアとか、あとは何だろう、クリームソーダとか？　そういった飲み物をうまくつくるには、みたいな本で。ついでにそういう店の経営の仕方とかも書かれた本。ないか、そんな本――」

「いや、あるぜ」親方は平然と答えた。「右の棚の上から三段目の左の方」

するとタモツさんはこれまでに見たことがないくらい機敏な動きで棚の前に移動し、

「左の方？」とつぶやいたかと思うと、「あ、ホントだ」と棚から一冊の本を抜き出した。

「『喫茶店――その経営と飲食物の実際』」

「な？」と親方は満足げだった。「お前さんには少し難しいかもしれないけど、まぁ、人生の宿題だと思って、読んだらいいよ」

タモツさんはすでに本に没頭して、親方の云うことを聞いていない。

「これはすごいぞ」「よくあったな、こんな本」「いや、驚いた」

ぶつぶつ云いながら代金を払うことも忘れて本を読みながら店の戸をあけ、外へ出たところで、ひろげた頁《ページ》に雨が当たったらしい。店先に立てかけてあった黄色い傘を開き、本を読みながらこちらを振り向くこともなく、さっさと行ってしまった。

「いやはや」と親方はタモツさんの背中を見送ってあくびをした。「これだから――」と云いかけた言葉を呑み込んで頬杖をついている。

親方がそうして番台で頬杖をつくと、決まって居眠りが始まっていびきが聞こえてくる。案の定、しばらくすると、ごうごう聞こえてきた。親方は店を閉めた夜更けにひとりでコツコツ棚の整理をしてきた。宿題に夢中になるあまり、睡眠もままならない。これは直さんも同じで、夜遅くに館内の傷んだ壁や床の修繕をしたり、剝げかけたペンキを塗りなおしたりしていた。もしかしたら、明日にでも閉館を余儀なくされるかもしれないのに――。

人間という生きものがしばしば繰り返すこうした不可解な行動を私は好ましく思う。

私はこう見えて、多くの人間たちに「可愛い」と頭を撫でられる身であるが、人間のこうした道理の通らない考えや行動こそ、可愛く見える。

愚かしいことはときに可愛い。可愛いことは、おおむね愚かしい。

賢く振る舞わなければ、と自分を追い込み、その結果、愚かしいことをすべて排除してしまったら、ヒトはずいぶんとつまらない。

「御免《ごめん》下さい――あら、ジャンゴ君」

聞き慣れた女のひとの声がして、いい匂いが店の中に充ちて、いつ見ても明るいサエコさんの顔がそこにあった。親方は頬杖をついたままいびきをかいていたが、私が知る限り、サエコさんが親方の店にあらわれたのは初めてではなかったか。

「こんにちは」

サエコさんは親方の肩に手を当て、「お休みのところ、御免なさい」と控え目に揺さぶった。

「あ？」と親方は目をこすり、彼女の姿を認めると、「これはまた」と驚きのあまり目が覚めたようである。

「来ちゃいました」

サエコさんはどことなく居心地が悪そうだった。

「親方が食堂に来てくださったんで、わたしも親方の店に来ちゃいました」

「来ちゃいましたってことはないだろうよ」

親方はあくびをしている。

「何かしら用がなければ、こんな古ぼけた店にお前さんのようなお嬢さんがいらっしゃるわけがない」

はたしてズボシだったろうか。

「ええ、じつは」とサエコさんは唇を嚙み始めた。「じつは、本を探しているんです」

「ほう？　どんな本だろう？」

「ええとですね――」

どうして今日はみんな本を探しているのか。

「珈琲を」とサエコさんが云いかけたのに軽い既視感を覚えた。

「珈琲？」

「はい」サエコさんは背筋を伸ばし、「珈琲とか紅茶とかココアとか――あとは何でしょう？　クリームソーダとか？――の美味しいつくり方が書いてある本で、ついでにそうい

う お店をひらくときの心得みたいなものが書かれた本を探しているんです」

「ふうん」と親方は平静を装っていた。「残念ながら売れちまったよ」

「あら、残念」――とサエコさんは肩を落とした。

「いや、そんなにがっかりすることはないよ。きっと、すぐに見つかるから」

親方は優しい口調でそう諭した。

その優しげな感じは、サエコさんが帰ったあともずっとつづいて、「なぁ、おい」と私に話しかけてきたときも、まだそのままだった。

「これだから、古本屋はやめられねぇよな」

＊

テレビの取材の日に、いつもよりずっとお客様が多かったのは偶然ではない。取材があると知った親方やタモツさんや大里さんが、方々へ声をかけたのである。

「あんまり客がいないっていうのも、寂しいじゃねぇか」

本を届けがてら、親方は雨降りの先生にも声をかけた。

「だから、先生も来てくれよ」

「それってつまりヤラセってことですよね。僕はそういうのは、ちょっと――」

「いや、そうじゃねぇんだよ」親方は顔の前で手を振った。「そうじゃなくて、先生もたまには映画くらい観た方がいいんじゃねぇかって話だ。あの映画館、これっきりなくなっちまうかもしれないんだぜ？　その前に一回くらい観ておけよ」

「しかしですね」先生はきっぱりしていた。「テレビ局としては、つぶれかかった映画館を撮りたいんじゃないですか？　さっぱり客が来なくなって閑古鳥《かんこどり》が鳴いてるみたいな。そういう絵を撮りたいんですよ。いまの時代の象徴として。だからいいんです、ありのままで。あとは番組を見た人がどう思うかです。そんなことなら観に行ってみようかと思うかもしれないし――」

その見解は半分当たっていて、半分外れていた。

「たしかに、事前取材のときとずいぶん違いますね」

テレビ局の人――その人は鹿島さんといった――は、ロビーで賑やかに話している商店街の人たちを見渡して、最初は困惑していた。

「なんか、すみません」

直さんはひたすら恐縮している。ということはつまり、直さんも先生と同じように考えていたのだろう。テレビの人は寂れた映画館の実情を伝えようとしていた。決して繁昌している様子を撮りたいわけではない。そこまではたぶん先生の云うとおりだ。ところが鹿島さんは、

「これはこれでいいじゃないですか」

と予想外なことを云い出した。

「普段はこうじゃないけれど、私たちの取材のために皆さんが集まってくれた。それもまた、この映画館のありのままです。こんな、いまにも雨が降りそうな日なのに――」

云い終わらぬうちに小雨が降り出した。

一週間ほど前から月舟町はそんな天気がつづいていた。親方に連れられて先生のアパートへ行った帰り道も小雨が降っていて、古本屋へ戻るべく商店街をとぼとぼ歩いていたら、進行方向の彼方から、明らかにレインコートを着た犬が、飼い主のあとに従って、とぼとぼとこちらへ向かってきた。近づくにつれ、おや？　と思ったのだが、やがてそれは現実

になった。

テツ君である。

じつに鮮やかな赤いレインコートだった。

テツ君は私に気付くと、目を伏せたまま視線を合わせようとせず、いつもなら、「やあ」「元気ですか」と目で云い合うのに、ちらりと横目でこちらを見て、「とうとう私もこんなことになりまして」と目で云っていた。私にははっきりそれが聞こえた。ため息まで聞こえてきた。

もし、そんなことがなかったら、私はいましばらくレインコートを着なかったかもしれない。頑なに着用を拒否するのが自分の役どころのような気がしていたし、そうすることで「自分」を保っているのだと思い込んでいた。

でも、雨の日にレインコートを着たテツ君とすれ違うたび、気まずい思いになるのは自分の望むところではない。そんな思いをして保つような自分は、きっと大した自分ではない。

「やっぱり気になって来ちゃいました」

雨降りの先生がそう云いながら映画館にあらわれた。先生は取材が終わってテレビ局の人たちが帰ったあとも、親方や果物屋の兄とロビーで楽しげに話していた。

その片隅で初美さんが私におでこをぶつけてきた。

「ゴンちゃん、今日は水曜日だから散歩行くよね」

（もちろん、初美さんとなら）と承知する。

「じゃあ、レインコートを着ようか」

そのとき、耳の奥に「ありのまま」と云った雨降りの先生の言葉が聞こえてきた。それはつまり、自分の中のいちばん素直な気持ちに従うという意味ではなかったか。

そうすることにした。

というより、私の判断を待つまでもなく、初美さんはあらかじめ準備していた空色のレインコートを素早く私に着せかけた。

「うん、最高によく似合うよ」

初美さんが小さく拍手をしたのと、フィルムを手配してくれた並木さんの声がロビーに響いたのが同時だった。

「すみません、遅れちゃって」

誰かが並木さんに声をかけたのだろう。でも、取材に間に合わなかった並木さんは、テレビのカメラにおさまることはなかった。真の縁の下の力持ちとはそういうものである。

その代わり、並木さんは例によって自分の写真機を取り出し、「さぁ皆さん、集まって」とロビーの外へ――映画館の前に皆を呼び集めた。ちょうど雲が途切れたのか、雨もやんで、〈月舟シネマ〉の入口にそこだけ太陽の光が射していた。

皆、それぞれに館内のあちらこちらで過ごしていたので、事情を知らない人はテレビの取材がつづいていると思ったらしい。

「さぁ」のかけ声を聞くと、親方やサキさんや先生はもちろんのこと、タモツさんにサエコさん、食堂のあるじと果物屋の兄と大里さん、皆、当たり前のように映画館の前に立ち並んだ。

直さんと初美さんを真ん中に置き、並木さんの古ぼけた写真機に視線を集めた。

私もまた、空色のレインコートを着たまま、初美さんと直さんのあいだにかしこまって写真機の方を見た。

「そんな写真機で本当に写るのかい?」

親方がそう云うと、同じことを考えていたのか、皆が一斉に笑い出した。

DJANGO

# あとがき

『レインコートを着た犬』は、月舟町《つきふねちょう》三部作と呼んでいる三つの小説の最後に当たるものです。最初に『つむじ風食堂の夜』というのを書きまして、少ししてから『それからはスープのことばかり考えて暮らした』というのを書き、さて、あともう一作、三部作の完結編を書こうと決めてから、あれよあれよと時間が経って、およそ九年後に刊行されたのが本作でした。

ちなみに、二作目はじつのところ、月舟町が舞台ではなく、隣町の「桜川《さくらがわ》」が主な舞台になっています。ですから、三作目はふたたび月舟町に戻ろうと、それだけは決めていたのです。が、戻るのであれば、『つむじ風食堂の夜』で語られたいくつかの問題、「ここ」の定義であるとか、「雨」や「夜」に関わることなどについて、少しでも考えが前に進んだものにしたい——。

となると、先の二作がそうであったように、青年、もしくは青年の晩年を生きているような男を主人公に据えるのが順当だろうと考えました。

白羽の矢が立ったのは、二作目に登場した映画館〈月舟シネマ〉で働いている青年です。彼を主人公にして物語のナレーターになっていただこうと決めたのですが、いざ書き出してみると、どうもしっくりきません。彼は人一倍無口な男で、長々と物語るのがどうにも似合わないのです。

「さて、どうするか」と腕を組んだとき、足もとに寝そべってこちらを見上げていたのが、映画館の番犬であるジャンゴでした。

犬は人の心情を汲《く》んでくれるように思います。だから、人は犬に話しかけます。皆がそれぞれの内面を犬にさらけ出すので、犬だけが皆の胸中を知っている。これはもしかすると、面白い語り手になるかもしれないと思いました。

この三つの小説は「ここ」をめぐるお話でした。

一作目では、いつでも「ここ」にあって、安心できる場所としての食堂を描きました。しかし、小説の中にも現実においても時間が流れ、「ここ」にひとつきりの答えを与えてしまうのは息苦しくなってきます。時が経てば、「ここ」も変わっていくし、変わっていくことを楽しもうとする柔軟さを持たないと、次のページへ進めなくなります。

三部作はこれにて終わりですが、「次のページ」はきっとあると思っています。

二〇一八年　戌年　春

吉田篤弘

『レインコートを着た犬』二〇一五年四月　中央公論新社刊

中公文庫

# レインコートを着《き》た犬《いぬ》


2018年５月25日　初版発行
2024年５月30日　３刷発行

著　者　吉《よし》田《だ》 篤《あつ》弘《ひろ》

発行者　安部 順一

発行所　中央公論新社
〒100-8152　東京都千代田区大手町1-7-1
電話　販売 03-5299-1730　編集 03-5299-1890
URL https://www.chuko.co.jp/

ＤＴＰ　嵐下英治
印　刷　精興社（本文）
三晃印刷（カバー）
製　本　小泉製本



©2018 Atsuhiro YOSHIDA


Published by CHUOKORON-SHINSHA, INC.
Printed in Japan　ISBN978-4-12-206587-1 C1193



定価はカバーに表示してあります。落丁本・乱丁本はお手数ですが小社販売部宛お送り下さい。送料小社負担にてお取り替えいたします。

●本書の無断複製（コピー）は著作権法上での例外を除き禁じられています。また、代行業者等に依頼してスキャンやデジタル化を行うことは、たとえ個人や家庭内の利用を目的とする場合でも著作権法違反です。

# 中公文庫既刊より

（各書目の下段の数字はISBNコードです。978－4－12が省略してあります。）

よ-39-1
それからはスープのことばかり考えて暮らした　吉田篤弘
路面電車が走る町に越して来た青年が出会う、愛すべき人々。いくつもの人生がとけあった「名前のないスープ」をめぐる、ささやかであたたかい物語。
205198-0

よ-39-2
水晶萬年筆　吉田篤弘
アルファベットのSと〈水読み〉に導かれ、物語を探す物書き。繁茂する道草に迷い込んだ師匠と助手――人々がすれ違う十字路で物語がはじまる。きらめく六篇の物語。
205339-7

よ-39-3
小さな男＊静かな声　吉田篤弘
百貨店に勤めながら百科事典の執筆に勤しむ〈小さな男〉。ラジオのパーソナリティの〈静香〉。ささやかな日々のいとおしさが伝わる物語。〈解説〉重松　清
205564-3

よ-39-4
針がとぶ Goodbye Porkpie Hat　吉田篤弘
伯母が遺したLPの小さなキズ。針がとぶ一瞬の空白に、どこかで出会ったなつかしい人の記憶が降りてくる。響き合う七つのストーリー。〈解説〉小川洋子
205871-2

よ-39-5
モナ・リザの背中　吉田篤弘
美術館に出かけた曇天先生。ダ・ヴィンチの『受胎告知』の前に立つや、画面右隅の暗がりへ引き込まれ……。さぁ、絵の中をさすらう摩訶不思議な冒険へ！
206350-1

よ-39-7
金曜日の本　吉田篤弘
子どもの頃の僕は「無口で」「いつも本を読んでいた」と周りの大人は口を揃える――忘れがたい本を巡る断章と、彼方から甦る少年時代。〈解説〉岸本佐知子
207009-7

よ-39-8
ソラシド　吉田篤弘
幻のレコード、行方不明のダブルベース。「冬の音楽」を奏でるデュオ〈ソラシド〉。失われた音楽を探し、もつれあう記憶と心をときほぐす、兄と妹の物語。
207119-3

よ-39-9
天使も怪物も眠る夜
吉田篤弘
二〇九五年、〈壁〉によって東西に分断された東京では、誰もが不眠に悩まされていた。睡眠薬開発を巡る攻防は、やがて「眠り姫」の謎にたどり着く……。
207288-6

よ-39-10
なにごともなく、晴天。
吉田篤弘
鉄道の高架下商店街〈晴天通り〉で働く美子の前に、コーヒーと銭湯が好きな探偵が現れる。話を聞いた町の人たちは、それぞれの秘密を語りはじめる。
207461-3

く-20-1
猫
クラフト・エヴィング商會
井伏鱒二／谷崎潤一郎 他
猫と暮らし、猫を愛した作家たちが思い思いに綴った珠玉の短篇集が、半世紀ぶりに生まれかわる。ゆったり流れる時間のなかで、人と動物のふれあいが浮かび上がる、贅沢な一冊。
205228-4

く-20-2
犬
クラフト・エヴィング商會
川端康成／幸田文 他
ときに人に寄り添い、あるときは深い印象を残して通り過ぎていった名犬、番犬、野良犬たち。彼らと出会い、心動かされた作家たちの幻の随筆集。
205244-4

お-51-1
シュガータイム
小川洋子
わたしは奇妙な日記をつけ始めた——とめどない食欲に憑かれた女子学生のスタティックな日常、青春最後の日々を流れる透明な時間をデリケートに描く。
202086-3

お-51-2
寡黙な死骸 みだらな弔い
小川洋子
鞄職人は心臓を採寸し、内科医の白衣から秘密がこぼれ落ちる…時計塔のある街で紡がれる密やかで残酷な弔いの儀式。清冽な迷宮へと誘う連作短篇集。
204178-3

お-51-3
余白の愛
小川洋子
耳を病んだわたしの前に現れた速記者Y、その特別な指に惹かれたわたしが彼に求めたものは。記憶と現実の危ういはざまを行き来する、美しく幻想的な長編。
204379-4

お-51-5
ミーナの行進
小川洋子
美しくて、かよわくて、本を愛したミーナ。あなたとの思い出は、損なわれることがない——懐かしい時代に育まれた、ふたりの少女と、家族の物語。谷崎潤一郎賞受賞作。
205158-4

各書目の下段の数字はISBNコードです。978－4－12が省略してあります。

お-51-6
人質の朗読会
小川洋子
慎み深い拍手で始まる朗読会。耳を澄ませるのは人質たちと見張り役の犯人、そして……。しみじみと深く胸を打つ、祈りにも似た小説世界。〈解説〉佐藤隆太
205912-2

ほ-16-1
回送電車
堀江敏幸
評論とエッセイ、小説。その「はざま」にある何かを求め、文学の諸領域を軽やかに横断する――著者の本領が発揮された、軽やかでゆるやかな散文集。
204989-5

ほ-16-2
一階でも二階でもない夜 回送電車Ⅱ
堀江敏幸
須賀敦子ら7人のポルトレ、10年ぶりのフランス長期滞在で感じたこと、なにげない日常のなかに見出した秘蹟の数々……54篇の散文に独自の世界が立ち上がる。〈解説〉竹西寛子
205243-7

ほ-16-3
ゼラニウム
堀江敏幸
彼女と私の間を、親しみと哀しみを湛えて、清らかな水が流れていく――。異国に暮らした男と個性的で印象深い女たちの物語。ほのかな官能とユーモアを湛えた珠玉の短篇集。
205365-6

ほ-16-5
アイロンと朝の詩人 回送電車Ⅲ
堀江敏幸
一本のスラックスが、やわらかい平均台になって彼女を呼んでいた――。ぐいぐいと、そしてゆっくりと、読み手を誘う四十九篇。好評「回送電車」シリーズ第三弾。
205708-1

ほ-16-6
正弦曲線
堀江敏幸
サイン、コサイン、タンジェント。この秘密の呪文で始動する、規則正しい波形のように――暮らしはめぐる。思いもめぐる。第61回読売文学賞受賞作。
205865-1

ほ-16-7
象が踏んでも 回送電車Ⅳ
堀江敏幸
一日一日を「緊張感のあるぼんやり」のなかで過ごしたい――異質な他者や、曖昧な時間が行きかう時空を泳ぐ、初の長篇詩と散文集。シリーズ第四弾。
206025-8

ほ-16-8
バン・マリーへの手紙
堀江敏幸
「バン・マリー」――湯煎――にあてた詩、音楽、動物、思い出深い人びと……愛しい日々の心の奥に、やわらかな火を通すエッセイ集。
206375-4